かずを
はぐくむ

森田真生
著

西淑
絵

福音館書店

はじめに

生まれたばかりの息子を初めて腕に抱いたとき、いつか彼が数をかぞえたり計算をしたりする日が来るとは、まだとても信じられなかった。言葉もない、概念もないのだ。ただ珍しそうに目を見開いては、お腹《なか》がすいたと泣き、未知の世界を手探りしていた。

だが生命の育つ勢いは凄《すさ》まじい。どんぐりは木になり、おたまじゃくしはカエルになる。腕のなかで泣いていた赤子も、いまはもう小学生だ。

「お父さん、明日は六時二十分に起こしてくれる?」眠そうに目をこすりながら、八歳の長男が言う。五歳の次男はすでに、一日遊び尽くした疲れで、その横でぐっすり眠っている。

六時二十分に長男が起こしてほしいというのは、六時半に起きるつもりだからだ。

すぐに目覚めることができないことを見越して、少し早めに声をかけてほしいというのだ。

時間がわかるようになり、計画を立てられるようになる。それがいかにあたりまえでないことかを、僕は子どもたちから学んだ。人の心のなかに数が育まれていくまでの道のりは長い。寄り道もあれば、立ち止まることもある。行き詰まることもあれば、迷うこともある。だがその道のりはいつも、驚きと学びに満ちていた。

本書は雑誌「母の友」で二〇二〇年から五年にわたり、月に一度のペースで書き残してきた連載をまとめたものだ。長かったはずの道のりも、ふりかえってみればあっという間だった。過去に戻ることはできないけれど、道中めぐりあった一つ一つの風景を、言葉と絵を通してまた読者と分かち合えることが嬉《うれ》しい。

「わかった、六時二十分ね。今日もありがとう」と僕は長男に伝える。「ありがとう！　おやすみー！」と彼は二階に駆け上がっていく。

どんな木にも種子の時代があったように、だれもが数を知らない場所から歩んできた。時計も読めない、数えることもできない、数があるなんて思いもしない場所から、数は育まれてきた。

数のない世界から、数にいろどられた世界へ――だれもが一度は通ったことがあるはずの道だ。この道をふたたび歩んでいく新鮮な喜びを、本書を通して少しでも感じてもらえたらありがたい。連載をともに歩んできてくださった西淑さんのイラストとともに、どうか心ゆくまで楽しんでください。

目次

いつまでも

京都の我が家に、東京から母が遊びにやって来る日の朝の、長男（三歳）との会話——

僕「今日おばあちゃんが来てくれるよ」

息子「わーい！　いまからくるの？」

僕「おひるごはん食べたあとくらいの時間に来る予定だよ」

息子「やったぁ！　じゃあいまからおひるごはんたべよー!!」

「いいこと思いついたぞ」と、いまにも「おひるごはん」を食べ始めそうな勢いである。まだ、朝ごはんもこれからだというのに……。

東京から京都まで新幹線で二時間半かかるとか、いまはまだ八時だとか、おばあちゃんが来るのは午後一時になるとか、そういう話は彼に通じない。彼の時間は「数」によって、まだ構造化されていない。

今朝もバス停でバスが来るのを待っているとき、彼はしきりに「まだー？」と聞いてきた。「あと五分」と言っても「ええ？」と腑《ふ》に落ちない顔をするので、こっちは「もうすぐだよ」とあいまいな返事をするしかない。すると彼は一分後には「まだー？」と、また同じ調子で尋ねてくるのだ。

彼にとっての時間は、おばあちゃんを待つわくわくであり、バスが来ない退屈であり、真っ赤な木の実に手を伸ばす胸のドキドキである。「いま」の先に一分後があり、その先に二分後があり、さらに一年後、一万年後、一億年後がある。そんな風にまっすぐ、どこまでも延びていく時間を、彼はまだ考えてみたこともない。

過去から未来へと、どこまでもまっすぐ続いていく時間の流れ——これは決して、子どもが自然に生まれ持ってくる観念ではないのだ。様々な言葉や概念とともに、文化として習得される一つのものの見方なのである。

僕が小学校低学年の頃、あるとき、自分が死んでも永遠に続く宇宙を想《おも》って、どうしようもない恐ろしさに戦慄したことがある。いつか宇宙が終わったあとに、またみんなでどこかに集まれるのではなくて、自分がすっかり忘れ去られたまま、いつまでも流れ続ける時間……。当時の僕には、考えるだけでたまらなく怖くて、しばらく眠れなくなってしまった。

　思えばそれは、ちょうど学校の算数が面白くなってきた頃だった。どんな大きな数も、正確に足したり引いたりできる。広大な数の世界の緻密な自由に、僕はすっかり心奪われていた。だが、どこまでも続く数の広さは、いつまでも終わらない時間の不気味な果てしなさをも、同時に暗示していたのだった。

　先日、幼稚園に向かう道中、「今日も木の葉っぱがきれいな地球だね！」と息子が大きな歓声をあげた。僕は彼の先に待つ長い未来を想って、いつまでも葉っぱがきれいな地球であってほしいと、心から願った。

「いま」と「いつまでも」の区別を知らない息子は、現在《いま》に差し込む光を全身に浴びながら、とびきりきれいな今朝の葉っぱに、小さな腕を思い切り伸ばしていた。

あいまいさへの道

三歳になったばかりの頃だったと思うが、息子が「味見」という言葉を覚えた。料理の手伝いをしているときに、祖母が「ちょっとだけ味見してみようね」と言ったのを聞いたのがきっかけになり、以来、食事の前に「りんごをちょだけ（ちょっとだけ）味見する！」と、さっそく彼なりにこの言葉を「応用」し始めたのである。

本来は食事のあとに食べることになっているフルーツを、「味見」と言えば食事の前に「ちょだけ」食べられる。彼はそんな便利な言葉として「味見」を覚えてしまったのである。

こちらも「ちょだけ」ならいいかと許しているうちに、食事の前に好きなものをひとまず「味見」しておくのが、いつのまにか習慣のようになってしまった。

ある日、そんな息子が夕食の前に、「りんご味見するー。今日は大きいまま味見する！」

と言った。

「大きいまま味見、って、それ味見じゃなくない？」と僕が突っ込むと、彼は不思議そうな顔をして「なんで？」と聞いた。

まっすぐ目をのぞきながらあらためて聞かれると、僕も答えに窮してしまった。少しだけ食べてみるからこそ「味見」なのだと思うが、どこまでが味見で、どこから味見でないかと言えば、その境目はかなり微妙だ。

「砂山のパラドクス」というパラドクスがある。砂の山から砂を一粒だけ取り除いても、相変わらず砂山である。その砂山からまた一粒だけ取り除いても、砂山はやっぱり砂山のままだ。一粒ずつ砂山から砂を取り除くたび、もとが砂山なら、残るのも砂山である。だが、これを続けていけば、いつかは最後の一粒になる。このとき、砂山はもう砂山ではない。いつ、砂山は砂山でなくなるのだろうか。

息子に「なんで？」と聞かれて僕は、このパラドクスを思い出していた。りんごの味見は、どこで、もはや味見ではなくなるのか。

あいまいな境界をあいまいなまま扱えるようになるには「山」や「味見」という概念の繊細なニュアンスを学習していく必要がある。それに至る前の子どもに対して大人は、つい一方的に境界を決めて押し付けてしまいがちになる。

テレビは一日一時間まで。クッキーは三個だけね。七時には起きないと遅刻するよ。五時になったら家に帰りましょうね……。

境界は本来、数値として与えられるものでも、あらかじめ規則として決められるものでもない。それは人と人、あるいは人と物とのやり取りのなかから、少しずつ見出され、形作られていくものである。そのプロセスに、学びと発見がある。規則を与えてしまう方が物事はスムーズに進むが、規則が定まるまでのもどかしさにこそ、この世の面白さがある。

「じゃあ、たとえば、丸ごと全部りんごを食べるのは、味見と言えると思う?」と僕は、考察へと息子を誘うつもりで問いかけてみた。息子はいささかの迷いもなく「うん!」と目を輝かせながら答えた。

あいまいさへの道は楽しく、険しいのである。

問いから生まれる

息子が四歳の誕生日にもらった風船で、家で遊んでいる。ときどき風船を両手で力強くつかむので、風船が割れそうになる。見ているとハラハラするので、僕は息子に「風船が割れたらどうなると思う?」と聞く。すると息子は、「風船が割れるとねぇ……ガスがお父さんにもお母さんにも、お家《うち》にもうつって、みんな浮かぶ!」と言って、いたずらっぽい顔をして笑う。

万が一風船が割れたら、破裂の衝撃で顔を傷めるのではないか。そういう危険な事態の可能性を、僕は彼に想像してみてほしくて、問いを投げかけてみたのである。だが彼の答えは、僕の想定の範囲をまったく逸脱していた。風船の代わりに、僕と妻と家が浮かぶ光景を想像すると、僕も思わずおかしくなって吹き出してしまった。

大人が子どもに何かを問いかけるとき、あらかじめ返ってくるべき答えを、こちらで決めてしまっていることがある。本来、問いかけは未知の対話への入り口のはずなのに、気づけば、こちらで想定しておいた暗黙の結論に、子の発想を閉ざそうとしてしまうのである。だが、そんな大人の賢《さか》しらな狙いを、子どもは見事に裏切ってくれる。

何年か前、とある小学校で講演をしたとき、そこにいた小学三、四年生たちに、数字の歴史について話をしたことがある。このとき僕は最初に、算用数字の「ゼロ」を黒板に描いて、「この数字はどこで生まれたと思う?」と聞いた。すると、勢いよく手を挙げた少女が「樹から生まれた!」と元気に答えた。これはまったく僕の予期していない答えであった。

ゼロを表す記号の「0」は、もともとインドで生まれたと言われている。「ゼロはどこで生まれたと思う?」と問いかけたとき、僕は勝手に、「インド」や「日本」あるいは「アメリカ」などと、地名が返ってくるものとばかり思い込んでいたのである。

「0」の歴史がインドまで遡るというのは、あくまで教科書的な知識にすぎない。僕の思考はいわば、その知識の段階で止まっていたのだと、このとき気づいた。あらためて考えてみれば、最初に「0」を書いた人間は、いったいどんな生活をしていたのだろうか。どんな風貌だったのだろうか。僕はそういうことをきちんと考えてみたことがなかったのである。ひょっとするとその人は樹々に囲まれ、葉の揺れる繊細な音に包まれながら、計算に耽《ふけ》っていたかもしれない。瑞々しい果実をもぎとる刹那に、新しい数字の着想を得たかもしれない。数字は本当に「樹から生まれた」かもしれない。思わぬ彼女の返答のおかげで、僕の頭には様々な空想が広がり始めた。

学校の「試験」はあくまで、問いかけに「正しく」答えることが要求される。だが、問いに正しく答えることだけが学びではない。問う側が暗黙のうちに想定していた発想の前提を揺さぶられるとき、本当の新鮮な学びが始まる。

だから僕はこれからも子どもたちに問う。期待した答えを裏切られることを、心のどこかで期待しながら。

生きること、学ぶこと

先日、四国のほぼ中央に位置する高知県の土佐町という町を訪ねた。人口約四千人の山間地のこの町で、僕にとっては高校時代の先輩にあたる瀬戸昌宣さんが、四年ほど前から子どもたちのための新しい学びの場づくりに挑戦している。その実践から学ぶことは多く、僕も数年前から、定期的にこの町を訪問している。

そんな瀬戸さんが今年、学校外での多様な学びを支える「i.Dare（イデア）」という新しい教育プログラムを立ち上げたという。そこで学ぶ子どもたちの様子を見たいと、僕は久しぶりにまたこの町を訪れたのである。

驚くべきことに、ここに通う子どもたちはみんな、毎日自分たちで給食を作っているのだ。調理場では、小学一年から五年までの子どもたちが、大人の手をほとんど借りずに、包丁で野菜を切り、肉を炒め、自分たちで書いたレシピを見ながら、真剣な表情で料理をしている。学ぶことが生きることと直結しているとき、人はこんなにも集中力を発揮できるのかと、彼らの姿を見ながら僕はあらためてハッとさせられた。

ちょうど土佐町を訪問する一週間ほど前、僕も、長男と二人で台所に立った。と言っても、ゆで卵を作っただけなのだが、このとき、お湯を沸かす前に、一緒に「沸騰」の概念を学んだ。水が分子の集まりだということ。熱すると分子の動きが活発になっていくこと。本やネットでいろいろ調べながら、僕たちは沸騰にいたる水分子のふるまいについて学んだ。息子はその後、目を丸くしながら、沸騰していく水を見つめ続けた。

彼はもともと卵は食わず嫌いで、料理に少しでも入っていると口にしなかったのだが、この日は自分で茹《ゆ》でた卵を丁寧に剥《む》いて、「おいしい！」と夢中になって食べた。

土佐町の子どもたちが作ってくれた給食も、しみじみと味わい深かった。作った過程をみんなで共有しているからか、いつもより食欲もそそられ、たくさん食べてしまった。

翌日、僕は地元の子どもたちと、山中の民家の庭で遊んだ。そこにいた年少の男の子の一人が、カラフルなビー玉を楽しそうに数えていた。僕はそれを、彼の前で並べ替えながら、6を3＋3や2＋2＋2や1＋2＋3にして見せた。3＋3が2＋2＋2になったとき、彼は溢《あふ》れんばかりの笑顔で僕を見上げた。

このとき彼が、かけ算の交換法則に気づいて喜んでいたのか、ビー玉が太陽の光を浴びてあまりにきれいだから笑っていたのか、いまとなってはわからないが、彼の表情だけは、記憶に深く刻まれた。

土佐町から京都に戻ったあと、僕は久しぶりに自分で料理をしてみた。子どもたちの姿に触発されて、僕は何だか励まされたのだった。生きることと学ぶことは、もっと連続していていい。大切なことを教えてもらった、ゆたかな旅であった。

想像すれば

先日、長男とレゴで遊んでいるとき、彼が作った大きな家に住ませるレゴの人間（ミニフィギュア）を探しながら僕が、「ここに住ませる人間がいないね」と話すと、息子に「おとーさん、想像すればいいんだよ」と、諭すように言われてしまった。

息子が「想像」という言葉を使うのを聞くのは、この日が初めてだった。つい最近まで「いま、ここ」にひたすら没頭していたはずの彼が、目の前にはない世界へとついに想《おも》いを羽ばたかせるようになったかと思うと、気づかぬうちに彼の「世界」がいかに大きく広がり始めていたかに、あらためてハッとさせられた。

新型コロナウイルスの感染拡大を受け、春からしばらく息子が通う幼稚園も休園になった。おかげで息子たちと過ごす時間は格段に増え、多くの言葉を交わすようにもなった。

一年前の春、息子が初めて登園した日のことはいまでもよく記憶している。自信なさげな心細い後ろ姿で、大きなリュックを背負って、最後は「やっぱりおかあさんといっしょがいい！」と泣き叫びながら、園へと向かっていった。ところが園から戻ってきたときには、朝の様子とは打って変わって、晴れやかな笑顔で僕を見上げて「ねぇ、おとーさん！　おうちも、おにわも、ぜーんぶようちえんにするのはどうかな？」と、楽しそうに話しかけてきたのだった。

あの日の彼の提案を、ついに実行に移す日が来た。僕は、休園の長期化を覚悟し、この際、本当に「おうちも、おにわも、ぜーんぶようちえん」にしてしまおうと決めた。

料理、雑草や虫の観察、掃除、母の手伝いや弟の世話……。暮らしのなかには、学びの機会がいくらでもある。僕は毎日、「幼稚園長」として生きることにした。そして、とにかく「おうちも、おにわも、ぜーんぶようちえん」プロジェクトを、心から楽しんでみることにした。

プロジェクトの柱の一つとして、僕らは庭で小さな菜園のための土づくりを始めた。土のなかの微生物たちが元気になるように、いろいろな有機物を与えてみるのだ。「土が落ち葉を食べる」と僕が説明したとき、息子は目を丸くして驚いていた。そして、「土は石も食べるの？」と、不思議そうな顔で聞いた。僕は、「ものすごい長い時間をかけて、お父さんも

J（長男）も死んだずっとずっとあとには、石もきっと土に還《かえ》っていくだろうね」と答えた。息子はしばらく沈黙したあと、「Jとお父さんとお母さんとR（次男）は、何時間で死ぬの？」と聞いた。

僕は予期せぬ問いに、一瞬ドキッとしたが、「それは誰にもわからないんだよ」と答えて、また黙々と土を耕し始めた。息子は、何かを想像する目で、じっと足もとの土を見つめている。

土のなかでは滅びていくものすべてが、次の生の始まりを準備していた。

1
8
0
9
4
1
0
60

大地から、大きな数へ

新型コロナウイルスの感染拡大により、長男の通う幼稚園は、四、五月の二か月にわたって休園になった。休園中、自宅を幼稚園に見立て、みずから「幼稚園長」として生きる決意をした。最初はとにかく試行錯誤の日々だったが、やがて「園」の学びの方針として、「謙虚と観察」という二つのキーワードが浮かび上がってきた。

「謙虚」とは、英語では「humility」で、もとはラテン語の「humus（大地）」「humilis（低い、低く）」に由来する。

低く、大地へと視線を下ろし、そこから物事をじっくり観察すること。これだけを僕は子どもたちと過ごす時間の指針として、あとは、彼らのしたいように任せることにしたのだ。

この二か月間、僕たちは実際、地面にしゃがみこみ、土に張り付き、虫や草花や魚や土を

よく観察した。アメンボがハエに食らいつき、バジルの葉がみるみる育ち、タニシが旺盛に動き回り、カワムツがエレガントに急旋回する。すべてを僕たちは目を丸くし、驚きの声をあげ、ときに涙しながら（「イモムシさん、お外の方が嬉《うれ》しいのかな」と息子が生まれて初めて飼ったイモムシを外にかえしてきた帰路、彼は大粒の涙を流しながら泣いた）、観察し続けた。

手許《てもと》の『シップリー英語語源辞典』によると、英語の「education（教育）」は、ラテン語の「educare（引き出す）」から派生した言葉だという。これは、「内に情報を詰め込む」ことを意味する「instruction（教えること）」とは本来、対極にある概念なのである。

今回あらためて実感したのは、虫や草花や木々や土など、人間でないものたちの存在がいかに、子どもたちの才能を引き出していくかだ。「教室」で「人間」の話だけを聞くという特殊な環境に「education」を閉ざしてしまっては、あまりにもったいないのである。

最近、長男がしきりに「大きな数」を表現しようとしている。お魚さんはいつまで生きているの？　いつになったらアボカドの芽が

出るの？　新しく出会った様々な生き物のことを知ろうとすればするほど、彼には大きな数が必要になる。

　先日、近所でミカンの木を観察した散歩の帰りに、息子が「あとどれくらいでミカンとれるようになるかなー？　じゅーごびょー？」と聞いてきた。「そんなに早くないよ」と僕が答えると彼は、「じゃあ、じゅーびょびょーななはちよんななびょうびょうびょうくらいかな!?」と言って笑った。

　人類が「大きな数」を自在に表現できるようになるまでには、長い試行錯誤の歴史があった。彼もまた、彼なりにいま「とてつもなく長い時間」を表すための「数」を探そうとしているのだ。イモムシやカワムツやカブトムシやミカン……。人間ではないたくさんのものたちが彼の心を惹《ひ》きつけ、彼の新たな数への想像力を引き出そうとしている。

ヘビと概念

今朝、幼稚園に向かう道中、小川を大きなヘビが泳いでいた。先日も庭でヘビを見つけたばかりの長男はこれを見て「へび、にっぽんに2個もいるんだね！」と叫んだ。

息子が会話のなかで数を使うようになって、共有できる風景が一気に広がってきた。彼の叫ぶ声を聞いた瞬間、僕には庭で彼と一緒にヘビを見つけた数日前の記憶が、あざやかによみがえってきた。スルスルと、岩壁に開いた穴に逃げていくヘビ。それを、じっと目で追う息子。このときの彼の心に、ヘビがいかに強烈な印象を残したか、「2個も！」という声にこもった力が物語っているように感じた。

一歳の次男は、目の前にヘビを見つけたとしても、いまはまだ「あっ！」と声を上げることしかできない。彼は、「このヘビ」と「いつか見たヘビ」を結びつけるための方法をまだ持たない。

だが、長男には「数」がある。

「へび、にっぽんに2個もいるんだね！」と彼が言うとき、彼の意識のなかには目の前のヘビと、数日前に見たヘビが同居している。「2」という言葉を通して僕は、彼の心の外にいながら、これをありありと感じることができる。

数は不思議だ。

たとえば、8つに切られた円形のピザがあったとして、「ピザ何枚？」という質問に僕たちは「1枚」と答えることも「8枚」と答えることもできる。「ピザ」という概念で、何を意味しているかによって、「何枚？」という問いに対する答えが変わる。

同じ現実を前にして、そこに違う数を見出すことができる。とすれば、数は重さや硬さのように、物の客観的な性質ではない。かといって数は、単なる主観でもない。それでは何かと言えば、数は物を把握するときに私たちが使う「概念」に属する性質なのだ。これを初めて明快に説明したのが、十九世紀の数学者ゴットロープ・フレーゲだった。

フレーゲは「数とは何か」という難問に挑み、「1」や「2」という数が何を意味するかを生涯しつこく考え続けた。この粘り強い思索のなかから、現代の論理学が生まれた。それは、現代のコンピュータの誕生にも繋《つな》がる、新たな哲学の流れを切り開いた。一見すると何の役にも立たない思索が、ときにとてつもなく役に立ってしまうことがあるのだ。

長男がヘビを見て「２！」と叫ぶことができたのは、彼がヘビの概念を、彼なりに把握している証しだ。トカゲでもなく、カエルでもなく、いままで一度だけ見たのと同じ「ヘビ」だとわかったからこそ、彼は「２！」と言うことができた。

四歳の子の心に、概念が咲いた。

そんなことなど知る由もない二匹目のヘビは、水草の蔭《かげ》へと、くねくねと身をうねらせながら消えた。

生き物の多様性へ

　五月に裏庭の露地に苗を定植したトマトは、ぐいぐいと成長し、長い梅雨が明けた頃には、ついに僕の背丈を超えた。丸々と実った果実は、続々と赤く熟し始めて、最初は一粒しか取れなかったトマトも、翌日には十粒、翌々日には二十粒と、日に日に収穫できる数が増えてくる。トマトが大好きな長男は、一粒ずつ丁寧にこれを集めて、「たべほうだいだね！」と嬉《うれ》しそうに笑う。

　トマトのそばには、彼が育てているネコジャラシがある。息子が何日か前に、近くでとってきてそこに植えたのだ。僕は本当はそこに、

別の野菜を植えたかったが、トマトと同じようにこれを大事に育てている息子を見ていて、役に立つ（食べられる）植物とそうでない植物を分け、役に立つ植物の成長だけを無意識のうちに追求していた自分に気づいた。

いま地球上では生物多様性が急激に減少している。人類のあまりに放縦な活動の結果、自然状態の５００倍から１０００倍のペースで、生き物たちが絶滅しているとも言われている。大規模な環境破壊の最大の要因の一つは、特定の作物の収量だけを最大化しようとする「農業」の営みである。

耕すこと、肥料を与えること、農薬をまくことのすべてが、環境に大きな負荷を与える。耕すことで土壌は劣化し、過剰に投入される肥料は地下水を汚染する。海に流れ出す農業排水は、海洋生態系を撹乱《かくらん》していく。どうすれば食糧生産と豊かな地球環境を両立できるか。世界人口が八十億に迫ろうとしているいま、これは人類が直面している切実な問題である。

ソニーコンピュータサイエンス研究所の舩橋真俊さんは、この難問に対して、食糧生産のために生態系そのものを構築していこうとする「協生農法」という独自の農法を研究・実践している。これは、野菜や果樹、ハーブ、山菜などの多種多様な植物を混生・密生させて栽培する型破りな農法で、アフリカのブルキナファソの砂漠化した土地が、この農法の実践によって一年でジャングルに生まれ変わるなど、驚くべき成果も出てきている。

先日、船橋さんと出会い、対話する機会があった。何より感動したのは、「人間がいることで、人間がいないよりも豊かな生態系を作れる」という、彼の目の覚めるようなビジョンだった。環境から奪うだけでなく、生態系の構築に貢献していく。人間がそのように生まれ変わっていかない限り、人類が住み続けられる地球環境を、子や孫の世代にまで継承していけるかどうか心許ない。

春に菜園を始めたころ息子は、狭い土地に何種類もの種子を植えたがっていた。僕は、従来の農法のマニュアルに従い、苗の間隔を確保するためにも、それは無理だと彼に伝えた。だが、いまはむしろ僕の方が、狭い視野にとらわれていたのだと気づく。

今朝、トマトの近くでネコジャラシが日の光を浴び、その下で、息子が自分で集めた種を植えたカボチャやレモンが芽を出し始めている。彼がいなければ実現していなかったはずの、庭のささやかな生物多様性である。

数えながら歩く

外にいるだけで身の危険を感じるほどだった夏の暑さもようやく鎮まり、京都でも少しずつ秋の虫たちが鳴き始めた頃――どれほど異常気象や災害が続いても、季節はちゃんとめぐるのだなと、あらためてホッとした気持ちになる。

「夜は鈴虫が鳴いて快適だよね」

と、手を繋《つな》いだ息子が声を弾ませて言う。涼しくなってきてから、彼と毎日のように、夜の道を散歩するようになった。

ある日、「今日はどこまで歩く?」と僕が聞くと、「地球一周するのはどうかな?」と、彼が答える。「一周歩くのにどれくらいかかるだろうね」と僕が聞くと彼は、「人間が絶滅するころじゃないの? 帰ってくるころは」と、こともなげに言う。

「人間が絶滅するころ」まで続く、壮大な地球一周の散歩を思い浮かべながら、僕たちは近所の神社まで歩いた。


「ねえ、おとーさん！　ここからおうちまではどれくらいかな？」

「10分くらいかな」

「10分ってどれくらい？」

「1分が60秒で、その1分が10回……じゃあ、まずは1分を数えてみようか？」

「うん！」

「いーち、にー、さーん、しー、」

二人で大きな声で数えながら、夕暗《ゆうやみ》の道を家に向かって歩く。

「ごーじゅうはち、ごーじゅきゅー、ろくじゅー。はい、これで1分！」

「またかぞえよー！」

僕たちは2分、3分と、数え続ける。


「……これで9分！」

と僕が言う頃には、家がちょうど視界に入ってきていた。最後の1分をゆっくり数えながら、ちょうど10分で、玄関に着く。

10分を1秒ずつ実際に数えてみたのは、これが僕にとっても初めてだったかもしれない。10分という時間の長さを、あらためて全身で体感した。

別の日、息子は夜道を歩きながら、「地球って動いてるの?」と聞く。「うん、

動いてるよ」と答えると彼は、「まわってるの？」と聞いてくる。「うん」と答えると彼は、「まわってる感じ、ぜんっぜんしないけど！　おとーさん、地球、動いてないよ！」と大きな声で、訴えるように言う。

息子のおかげで僕は、10分という数値の体感を学んだ。逆にいつか彼は、数字の力を借りて、体感を裏切る地球の動きを、新たな真実として認識するようになるだろう。

数と体感が互いを育み合う、認識の旅はまだ始まったばかりだ。待ち受けるのは「地球一周」に負けず劣らず、驚きと発見に満ちた道のりである。

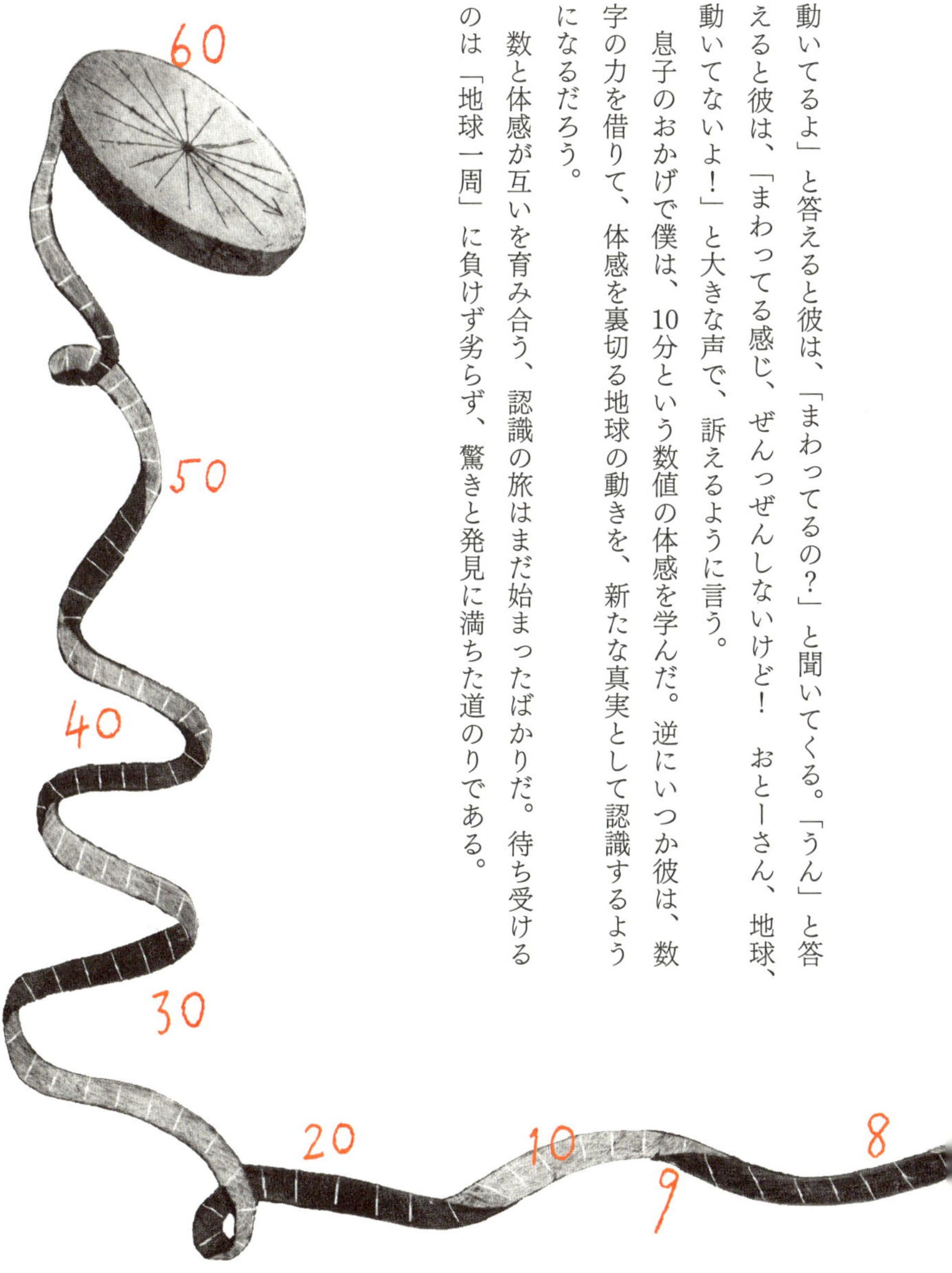

未来をかぞえる

秋に自宅を引っ越した。

小さな子どもは、環境の変化を好まないので、引っ越しがスムーズに進むかかなり不安だった。特に、半袖から長袖への衣替えにさえ強く抵抗してきた長男が、果たして生まれ育った家を離れるという急激な変化を、受け入れてくれるかどうかが心配だった。

引っ越し先が決まった夏、同世代で「植物観察家」として活躍する鈴木純さんと話す機会があった。彼もまた、一歳の娘を持つ父ということもあり、僕は彼に引っ越しの不安を素直に打ち明けてみた。すると彼は、とても心強いアドバイスをくれた。曰《いわ》く、子どもが変化を嫌うのには理由があるという。

子どもは複雑で初めてのことだらけの世界を、何とかして理解しようとしている。このとき、予測可能で安定した秩序が、世界を探究していくための手がかりになる。だからこそ、家具の配置や着替えの手順など、ささやかなことでも、いつもの秩序が揺さぶられることが、彼らの世界を混乱させる。モンテッソーリ教育では、この時期の子たちは「秩序の敏感期」にいると考えるのだという。だから、「なるべく早めに、これから起きることを予告してあげるといいですよ」と、彼は僕に助言をくれた。

僕はそれから毎日、少しずつ引っ越しのことを、子どもたちの前で話題にするようになった。そのおかげか、息子は日に日に、引っ越しを楽しみにしている様子になった。新居で目覚めた最初の朝に、息子たちが満面の笑顔で起きてきた時には、僕は心の底からほっとした。鈴木さんの助言がなければ僕は、息子たちを心配させないために、直前まで引っ越しの話題を避けていたかもしれない。そうしていたら急激な変化が、かえって彼らを混乱させていただろう。

引っ越した翌月、息子たちが予防接種を受けた。注射の前に「二秒で終わるよ」とお母さんに言われた長男は、心のなかで真剣に二秒を数える表情になって、生まれて初めて泣かずに注射をしてもらうことができた。一歳の次男は、この日同時に四本もの注射をされて、激しく涙を流した。これから何本の注射をされるか、それが何秒で終わるか、事前に予告してもらうための言葉をまだ知らない彼にとって、次々と刺される注射は、さぞかし恐ろしかっただろうと思う。

人間はこれから訪れる不確実な未来を絶えず予測し、予測と現実の誤差に学びながら、世界像を更新していく。誤差があまりに大きいと心は混乱に陥る。だから、現実の変化が避けられないときは、変化の事前の予告を通して、ゆるやかに予測を修正できるといい。「あと十日で引っ越す」「注射は二秒で終わる」と、「かぞえる」ことが、未来に備える手助けになる。

新居をすっかり気に入った長男は最近、「いつまでこの家に住めるの？」と僕に聞いた。僕は「まだまだずっと長く住めるよ」と、笑いながら答えた。

楽しみな未来は、まだ数えなくていい。

息子は数え切れない未来にワクワクする様子で、「やったぁ！」と叫んだ。

尊い当惑

秋に新居に引っ越し、これまでの自宅は、研究と執筆、そして子どもたちが学び、遊びに来る場所になった。学ぶことと教えること、研究することと遊ぶことが、渾然《こんぜん》一体とした場所にここを育てていきたいと思う。

先日この場所に、小学一年生と五歳の息子二人を連れて、友人が遊びに来てくれた。子どもたちは、僕に質問があるという。「どんな質問?」と聞くと五歳の次男が、「無限ひく無限って、ゼロやろ?」と尋ねる。

五歳ですでに「無限」について考えているのかとびっくりしたが、僕は二人に、ちょっとしたレクチャーをしてみた。まず「偶数」と「奇数」の概念を説く。そして、あらゆる自然数から偶数を取り除くと、奇数が残ることを理解してもらう。無限にある自然数から、無限にある偶数をひくと、無限個の奇数が残る。この場合、「無限ひく無限」は、ゼロではなく、無限になると言えそうである。

五歳の次男にはさすがに難しすぎる話だったが、小学生の長男は、最後まで真剣に聞いてくれた。

「そもそも、無限には無限の種類があるんだよ」と僕が笑うと、長男は目を丸くして、困惑した表情を浮かべていた。僕にはその表情が、とても尊いものに感じられた。

何かを真剣に考え、学んでいるとき、結論が白黒はっきりする場合よりむしろ、自分が当たり前と信じていた常識が揺らいで、困惑させられることがしばしばである。科学とは、事実を単に積み重ねていくだけでなく、いつでも自分が間違っているかもしれないと、疑い続ける営みである。

自分の信念の仮説性を自覚し、いつでも自分は間違っているかもしれないと、意識し続けること。「絶対にこうだ」という信念にしがみつくのではなく、「もしかしたらそうではないかもしれない」と、別の可能性に開かれていること。当惑や驚きを恐れないことこそ、科学的な態度ではないか。

未知のウイルスを前に、人間社会は混乱している。科学者の言うことを聞けと叫ぶ人もいれば、科学者の言うことを信じてはいけないと、声高に主張する人もいる。だが、自分が間違っている可能性を顧みなくなってしまえば、いずれにしても非科学的だ。結論にすぐにはたどり着けないもどかしさに耐える。この姿勢こそ、いま僕たちに、最も求められていることではないか。

結局この日、「無限ひく無限」という問いに、はっきりした答えは出さなかった。次男は「むげんしゅるいのむげん！」と、僕の言葉をくり返しながら笑う。長男は当惑の表情で、しばし考えこんでいる。結論が出ないもどかしさに耐える彼の姿が、僕の印象に深く残った。自分はわかっていると自信に溢《あふ》れた姿だけが、学びの証しではないのだ。

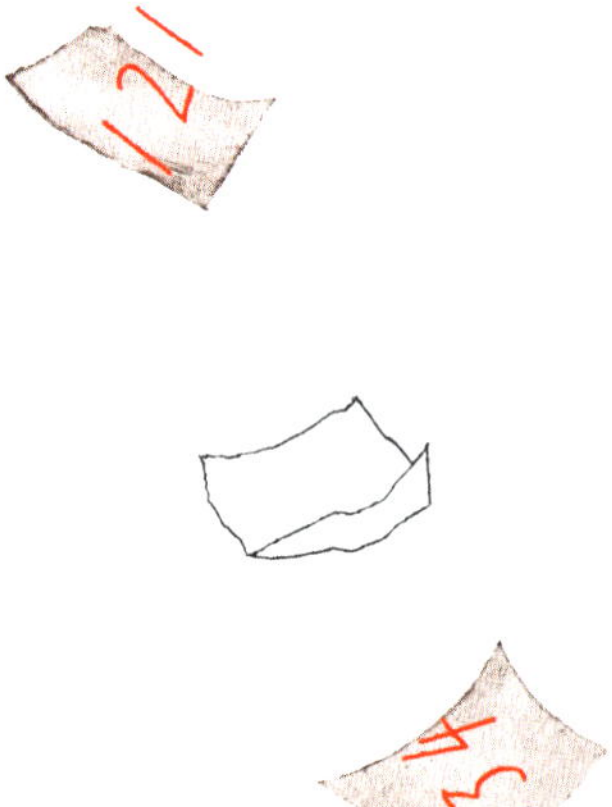
121
134

78

つかのまの永遠

先日、従兄弟《いとこ》の長男のために、プレゼントを選ぶ機会があった。彼はいま小学二年生で、生まれつき持っている障害のため、先天的に目が見えない。どんな贈り物だったら喜んでもらえるだろうかと、何日か真剣に悩んだ。

従兄弟からは、「最近は絵本などの物語に関心がある」と聞いていた。「数学にからめて、音声電卓とかもいいかもしれない」という提案ももらった。だが僕は、小学生の彼にとっては、電卓よりも物語の方が、数学に近いかもしれないと思った。

数学とは、概念を揺さぶり、創造していく学問である。無限、空間、論理、数……。数学は、こうした根本的な概念の理解を、ときに大胆に揺さぶってきた。そして、しばしばまったく新しい概念の創造を通して、既知の意味の世界を押し広げてきた。

計算は、あくまでこのための手段にすぎない。だから、規則通りに計算するだけの機械より、新たな概念が芽生える瞬間に立ち会える物語の方が、数学に近いのではないかと思った。結局、書店員の友人に相談しながら、従甥《いとこおい》のために何冊かの本を選ぶことにした。未知の言葉に耳を澄ませる、少年の姿を心に浮かべながら本を選んだ。

友人に薦めてもらったいくつかの本のなかで、僕が特に気に入ったのは『ぼくがゆびをぱちんとならして、きみがおとなになるまえの詩集』（斉藤倫著、高野文子画、福音館書店）という本だ。物語は、少年と「おじさん」のあいだの、言葉と詩をめぐる何気ないやり取りを軸に展開していく。

たとえば冒頭のシーンでは、学校で「ことばがなってない」と先生に言われて落ち込む少年に、おじさんが、いくつかの詩を紹介しながら、言葉はもっと自由でいいのだと教える。「正しい言葉」や「言葉の意味」、あるいは「詩」といった概念そのものが揺さぶられる面白さを少しでも感じてもらえたら嬉《うれ》しいと思って、僕はこの本を、従兄弟の長男に贈ることにした。

この物語が何より素晴らしいのは、子どもがあっという間に大人になってしまうほんのつかのまの時間を、まるで永遠のように感じさせてくれることだ。「えいえんに、ながい、もうすこしの、あいだ」という本書に出てくる言葉を僕は、心のなかで何度も反芻《はんすう》している。

子どもたちとの日々は、いつもてんやわんやで忙《せわ》しない。こんな毎日も、魔法のように、あっという間に過ぎ去ってしまうだろう。

僕がこの本を自宅で音読していると、長男はときどきクスクス笑う。未知の言葉に出会い、概念が芽生える喜びを、彼も感じているのかもしれない。だが、誰かが指をぱちんと鳴らして、きみもすぐに大人になる。このつかのまの永遠が「もうすこしの、あいだ」続きますようにと、僕は願っているよ。

生きるものすべてに

先日、幼稚園に向かう道中、息子が突然「地球上の人間がみんな死んだら、次は何が誕生するのかな?」と問いかけてきた。「人間がいなくなったら、道路から車も自転車もなくなって、いまとはまったく違う風景だろうね」と僕が言うと彼は、「そしたら自由に歩けるね……アリさんもカタツムリくんも」と言った。

「人間の終わり」のあとを語る彼の言葉に、少しも悲愴《ひそう》なところがなくて、むしろ人間なき世界で生き続けるアリやカタツムリに共感を寄せるその声に、僕は何だかハッとさせられた。

人の生存にかかわる数字や情報は、テレビやネット上を激しく飛び交っている。だが、アリやカタツムリの生き死ににについては、ニュースになることがない。

同じ命でも僕たちは、人間の命とそうでないものの命を、まったく別に扱っている。しかもそのことに日頃、それほど疑問を抱くこともない。

だが、「アリさん」「カタツムリくん」と呼びかける四歳の世界では、アリがのびのびと生き続けることが、人間が生き延びていることと同じくらい、喜ばしいことに感じられているようだった。

人はいつからかアリのことはただアリと呼び、カタツムリを「カタツムリくん」などとは呼ばなくなっていく。人間に話しかけるときと、動物や植物について語るときとでは、別の言葉を使うようになる。

大人になっても子どものように、生きとし生けるものすべてに家族と同じ言葉で呼びかける人たちもいる。ネイティブ・アメリカンの祖父を持つ植物学者ロビン・ウォール・キマラーの著書『植物と叡智の守り人』（三木直子訳、築地書館）によれば、アメリカの先住民族の言語のほとんどでは、自然界を指すのに、家族を指すのと同じ言葉を使うのだという。たとえばポトワミ語では、リンゴのことを「それは誰ですか?」と尋ね、これに対して「Mshimin yawe（その人はリンゴです）」と答える。「yawe」は、

人間だけではなく、虫や植物、岩や山など、生命と霊魂を宿すすべてのものに対して等しく使われる言葉だそうだ。

家族に呼びかけるのと同じ言葉で水に呼びかけるとき、人は、川や海を、家族と同じように慈しむようになる。木を「それ」ではなく「かれ」と呼ぶようになるとき、木々を無闇《むやみ》に切り倒すことができなくなる。

動物や植物にも親しく語りかけていく子どもたちの言葉は、単に「幼稚」なだけではないのだ。そこには、人間でないものに対しても等しく敬意を表すための、いのちへの礼儀が込められている。

息子を幼稚園に送った帰り、僕はロゼットとなって春を待つ足下の小さな草に顔を寄せて、「こんにちは。はじめまして」と心のなかで呼びかけてみた。草は、静かにその場で、光と大気を味わっていた。

いっしょー!

最近、一歳半の次男がにわかにいろいろな言葉を発し始めた。ここ数日は、なにかと指差しながら、「いっしょ!」と盛んに言っている。

図鑑に載っている車と自分が持っている車のおもちゃが一緒。お兄ちゃんの食べているものと、自分のお皿の上にあるものが一緒。この世界にはめくるめく差異だけではなくて、至るところに思わぬ同一性があることに気づき始めたようだ。

異なるものを等号で結ぶ「A＝B」という等式は、数学の最も基本的な関係式である。「A＝A」という自明な等式ではなく、AとBという異なる二つの対象が、実は等しいと主張するところに「A＝B」という式に込められた驚きがある。

十九世紀と二十世紀をまたいで活躍したフランスの数学者アンリ・ポアンカレは、数学とは「異なるものに同じ名前をつける」学問だと言った。数学とは、思わぬところに「いっしょ！」を見つけていく営みなのだ。

そもそも「このリンゴ」も「あのリンゴ」も「いっしょ」だという見方がなければ、リンゴを数えることはできない。差異のなかに同一性を見出す視点が、数えるという行為の大前提である。

つい最近まで次男の世界に「いっしょ」という観念はなかった。川に出かけると彼は、小石を拾って川に落とす作業を、いつまでも飽きることなく続けることができた。小石が川に落ちる「ぽたん」や「ぴとん」という音を聞くたびに、彼は目を丸くしていた。彼にとって、一つ一つの石が水に落ちる音がきっと、どれも違って聞こえていたのだろう。

複雑で多様な世界の意味を理解していく過程で人は、たくさんの「いっしょ」を発見していく。あの石もこの石も一緒。昨日の川も今日の川も一緒。個々の石が川に落ちるとき放つ一つ一つの音の偶然性に驚く代わりに、世界の遠く離れた出来事の思わぬ結びつきを見つけて感動できるようになる。

たとえば、地球がリンゴの大きさだとすると、生命が住める領域の厚みは、だいたいリンゴの皮の厚さと一緒だ。あまりに地中深くても、上空の高すぎる場所でも、生命は住めない。リンゴで言えば皮にあたるような薄い繊細な生命圏の皮膜を、僕たちは他のすべての生き物

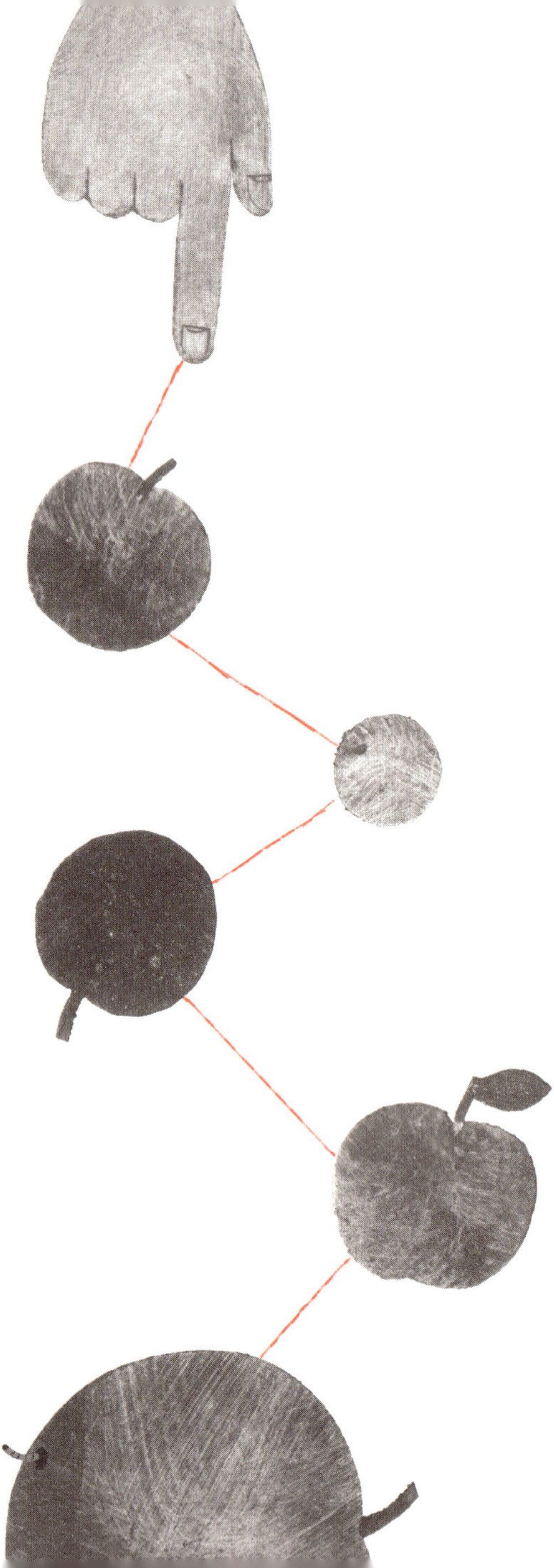

たちと分かち合っている。

あるいは、ウイルスと人間の大きさの比は、人間と地球の大きさの比とだいたい一緒だ。そう言われると、これまでウイルスを見下ろしているつもりになっていた自分が、今度は地球に見下ろされているような気持ちになる。人間を宿主として増殖していくウイルスに「出て行け」と言っていた自分もまた、地球を宿主として増殖してきた生き物の一つだと思えば、少し謙虚な気持ちにもなる。

「いっしょ」の発見は、世界を単純にするだけではない。イコールで思わぬつながりを見つけることから、新たな想像力の扉が開く。

柔軟な分数

もうすぐ二歳になる次男は食欲がものすごく旺盛だ。特に、父が横で食べているものはなぜか美味《おい》しそうに見えるらしく、しばしば僕の皿に手を伸ばしてきては、「いい？」とシェアを提案してくる。

先日は、家族みんなで弁当を食べていると、次男が僕の弁当に入っているしいたけをねだってきた。ひと口で食べるには大きすぎたので、僕は小さく噛《か》んでちぎってやって、彼にひと口あげた。食べ終わるとすぐにまた、彼は「いい？」と懇願してきた。結局、彼は僕の弁当のしいたけを全部食べた。だが、このときの僕はあくまで「二人でしいたけをはんぶんこした」という気持ちだった。

何かをシェアすることは、単純な割り算とは違う。極端な場合、自分の分がゼロであっても、「はんぶんこした」と感じることがある。この場合、厳密に客観的な「半分」を計算することに、あまり現実的な意味はない。

先日、僕のラボに遊びに来た友人がアメリカン・フットボールについて、面白いことを指摘していた。アメフトでは、4回の攻撃の間に10ヤード進むと、再び攻撃権が得られる。このため、10ヤードを正確に測る「メジャーメント」が重要になる。微妙なケースでは、インチ単位で厳密な計測をする。計測の結果を、観客は固唾《かたず》をのんで見守る。

だが、メジャーメントの前に、審判が目視で位置を決めてボールを置く。「だいたいの位置」に審判がボールを置いたあと、ものすごく厳密に計測をするのだ。

メジャーを使って、厳密に計測をすることによって、みんなの納得できる「公平感」が演出される。だが厳密な計測を可能にする条件は、比較的大雑把《おおざっぱ》に設定されている。その過程のすべてが、いかにも「近代的」ですよねと、彼は笑いながら語った。

食べ物や、資源を社会で分け合うときも、厳密な数値や計算を提示すると、いかにも公平感を演出できる。だが、分配に公平さを感じる人間の心は、もっとはるかに複雑で曖昧なものである。厳密で正しい計算だけが、分配のすべてではない。

たとえば弁当を家族で分けるとき、いちいち重さを厳密に計測していたら、食事の時間も楽しくないだろう。分配の本質は、みんなが少しでも楽しく喜びを分かち合うことである。

8切れのピザを4人で公平に分けます。このとき、一人ひとりには何枚ずつのピザが行きわたるでしょうか。

算数の授業なら「2枚ずつ」が正解だろうが、現実の場面では、どんな枚数も正解になり得る。

自分は1枚で十分と思うならば、まだ足りない人に分け与えたらいい。みんなが気持ちよくなる「4分の1」は、その都度探していくしかない。

家だけでなく、社会においても、柔軟な分数を使いたいと思う。

まだ意味がない

最近、風呂で長男にたし算やかけ算の問題を出すと、彼は夢中になって答えようとする。たとえば、「10たす2は?」と聞くと、両手で開いた指先をじっと見て、しばらくしたあと「12!」と答える。

「じゃあ、10たす3は?」と聞くと、また両手の指を目で追い、さっきと同じくらい時間をかけて考えたあと「13!」と答える。

「10たす○は?」という問題をいくつ出しても、毎回律儀に1から数え直している様子なのが面白い。

十進数による「位取り」の原理を理解していれば、そもそも「12」とは「10たす2」のことなのだから、数えるまでもなく「10+2=12」とわかるはずだ。だが、彼にとって「じゅうに」はあくまでただ「じゅういち」の次の数でしかなく、これが「じゅう」と「に」のことだという認識はまだ芽生えていない。

数は、子どもたちにとって、まだ意味のないものとして姿を現す。その意味を理解するまでには、何度も数えたり計算したりしながら、付き合ってみるしかない。意味がないまま付き合うことは、学びや勉強というよりも、どちらかといえば「遊び(play)」の感覚に近い。

まだ意味のないものとは、遊んでみるしかないのだ。子どもたちがいつも遊んでいるのもこのためだろう。椅子でもスプーンでも、はじめはまだ意味がない。椅子の下に潜り、スプーンでテーブルを叩き、戯れているうちに、意味は少しずつ染み込んでいく。

意味のない場所に放り出される感覚は、僕にとって数学の大きな魅力である。「まだ意味がない」ことを不安に思うより「楽しみ」と感じる心が、僕を数学に引き寄せてきた。

だが、まだ意味のない場所に人間を引き摺《ず》り出していくのは、もちろん数学だけではない。いまはパンデミックや気候変動など、物理的な環境の変容が、人間を強烈な力で「まだ意味のない」方へ連れ出している。

これまでの意味に固執しようとすれば、この現状は「危機」でしかない。だが、危機を煽《あお》るのでも、正しさを競い合うのでもなく、まだ意味のない世界で、新たな意味を見つけ出そうと、夢中になって遊ぶ子の姿から学べることは少なくない。遊びとは、あらかじめ決められた意味に回帰するのではなく、新しい意味の探索を始めることなのである。

昨夜、試しに「100たす3は?」と息子に聞いてみた。彼はしばらく考えたあと、悪戯《いたずら》っぽい笑顔で「300!」と答えた。

まだ意味のない方へと向かう、渾身《こんしん》の戯《おど》けた一歩。この先に開ける広大な数の世界は、彼のどんな遊戯も懐深く受け止めるだろう。

あたらしいひかり

先日、少し早めに起床して家で仕事をしていると、隣の部屋で子どもたちが目覚めた様子で、「わあ、あたらしいひかりだあ！　見てぇ！」と長男が次男の手を引きながら、窓の方へと駆けていく。そういえば僕は、カーテンを閉めたまま自分の部屋で仕事をしていたので、まだ朝の光を見ていないのだった。

何千億もの銀河が広がるこの広大な宇宙の片隅で、僕たちはこの地上の出来事に翻弄されながら生きている。だが、人間の生を駆動するエネルギーは、もとをたどれば太陽からの贈り物である。1億5000万キロ離れた星から、秒速30万キロで8分以上かけて宇宙を旅してきた光が、地上のほぼあらゆる自然現象の根本的な原動力である。

それを誰よりもよく知っているのは、人間よりも植物かもしれない。僕が朝日にも気づかず書斎に引きこもっている間も、庭の木々や野草は、太陽を求めて、からだを伸ばし、くねらせ、静かに動き続けている。彼らはいつも新しい光を全身で受けとめ、これを生命エネルギーに変換する営みをせっせと続けている。人間同士の競争や比較で頭がいっぱいの人間に比べたら、1億5000万キロ先の星に感覚を合わせて生きているタンポポやすみれの方が、よほど生きている世界のスケールが大きいと思う。

最近は、植物から学ぶことが多い。子どもたちと庭の手入れをしたり、観察をしたりしながら、いつも植物には驚かされてばかりだ。何しろ、数十万年しか歴史がない人類に比べて、植物は圧倒的に大先輩である。

イタリアの植物学者ステファノ・マンクーゾは、植物と動物の大きな違いは、「緊急事態」に直面したときの対処法に現れると指摘している。動物の場合、緊急事態に直面したときの対応は、常に「逃走」の一択だ。問題が起きたら、その場からいなくなる。そのために迅速に動き回れる身体と神経系を発達させてきた。

他方で植物は、その場にいながら問題を解く。このため、「並外れて優れた感覚」を磨いてきた。問題から逃げるのではなく、本当に問題を解決するためには、いま起きている現実を精緻に把握することが、何よりも必要だからである。

現代の人類が直面している気候変動やパンデミックは、「どこか違う場所に逃げる」ことで回避することができない。「この場にいながら問題を解く」という、植物がこれまでずっとやってきたことを、僕たちは自分たちの課題として、背負ってしまったのである。だから、もっと植物に学ぶ必要がある。粗雑な現状認識のまま、闇雲に動くのではなく、まずは現状を精緻に把握するための感覚を磨いていきたいと思う。

朝の光にも気づかず夢中で仕事をしているようでは未熟だ。「あたらしいひかり」に心弾ませる子たちの声を聞きながら、僕は学びの決意を新たにしたのだった。

不完全な言葉

もうすぐ二歳になる次男は、最近少しずついろいろなことを言葉で伝えられるようになってきた。とはいえ、言葉を極限まで省略してくるので、意味がすぐには読み解けないことも多い。

「あなな　たい（バナナ食べたい）」

「ろ　はいろー（お風呂入ろう）」

くらいならまだいいが、

「ぽう　たい（水鉄砲で遊びたい）」

「ぼ　る（サクランボ食べる）」

あたりになってくると難度が高い。

これから次第に、完全な文を話せるようになっていくだろうが、半分は聞き手の解読に委ねられた言葉のやり取りも刺激的で楽しいものだと思う。そもそも、話者が完全な文を話せるようになるだけが、必ずしも「進歩」とは言えない。

生命の歴史を振り返ってみれば、生き物が進化することはただ「いろいろなことを自力でできるようになっていく」過程ではなかった。生物学者のデヴィッド・ハスケルは、著書『木々は歌う』(屋代通子訳、築地書館)のなかで、生態系のなかで他者と協働し、衝突しながら、進化の果てに生き延びてきた生き物たちは、往々にして、「強くて独立性の高い個体」になるよりもむしろ、「関係性のなかにみずから溶けこめる」ように変化してきたのだと指摘している。

たとえば、陸上の植物種の八割以上には、根に「菌根菌」という菌類が棲《す》みついている。これが、植物が養分を吸収する手助けをしている。植物の根とそこに棲む菌類はもちつもたれつの関係で、両者の間に厳密な境界線を引くことは難しい。

植物が陸上への最初の一歩を踏み出したとき、植物にはまだ根がなかった。だがこのときすでに、細胞には菌が棲みついていた。この菌たちの助けのおかげで、植物は陸上でも食料を調達することができた。陸生の植物の生存は、菌との共生関係なしには考えられないのである。

植物の根だけでなく、葉にもまた、無数の菌が棲みついている。これが、草食動物や病原菌から植物を守っている。目に見える草花や木々は、一見するとそれぞれが独立した個体のように見えるが、より精緻に観察していくと、菌を媒介にして土や大気のなかの生き物たちが織りなす関係性のなかに見事に溶けこんでいる。だからこそ、何億年も生き延びることができた。

植物がそうであるように、子どももまた、「関係性のなかにみずから溶けこめる」天性の力を持つ。半分は受け手の読み解く力に委ねられた幼な子の発話も、言葉を「関係性のなかに委ねる」生命らしい知恵の発露なのかもしれない。

考えてみれば数式も、その潜在的な美しさがどこまで実を結ぶかは、式を読み解き、感じとる受け手に半ば委ねられている。花が虫や鳥へのメッセージであるように、人間の言葉もまた、これに惹かれ、味わってくれる、他者の訪れを待っているのだ。

反復と創造

二歳の次男は、いまはどんなことでも、長男（五歳）と同じことをしようとする。長男がバナナを食べようとすれば「おも！（僕も！）」とバナナに手を伸ばし、長男が網を持って虫探しを始めれば、「おも！」と兄のあとを追う。少し先を歩む兄の行動を真似《まね》しながら、自分の行為の可能性を広げようとしているのだ。

「まなぶ」という語は「まねぶ」という言葉と同根である。すでにあるものを再現しようとする「真似」が、同時に、それまでなかった知識や知恵を獲得する「学び」にもなる。反復が、わずかな差異を生む。兄と同じようであろうとする次男は、真似をしながら、少しずつ、自分自身の個性を発揮していく。

思えば、生命の歴史はそれ自体、壮大な学びの歴史であった。生命は自己の遺伝子を複製し、それまであった遺伝情報をそのまま再現しようとする。この過程で生まれるわずかな複製の誤り《エラー》が重なり、少しずつ環境の変化に適応するように生命は進化してきた。

いま人類は、次々と変異を重ねていくウイルスに翻弄されている。新型コロナウイルスも複製の誤りを修正する「校正機能」を持っているというが、地球規模で大量に複製を重ね続けてきた結果、このウイルスは人間にとって脅威となる変異を蓄積してきたのである。* 既存の遺伝情報を「真似」し続けていく果てに、まるで環境の変化を「学んで」いるかのような大きな変化を生み出してきた。


先日、友人が開発した「寿司トレイン」(と我が家では呼んでいる)をいただいた。卓上に線路を敷いて、この上を走る新幹線に寿司を乗せると、自宅で回転寿司ができるという楽しいおもちゃだ。子どもたちは大喜びで、寿司でなくても、その日のおかずを乗せて回して大盛り上がりである。

いつもはなかなか食べないものも、「一周すると美味しくなる!」と言いながら、彼らは喜んで食べる。言われてみると確かに、一周させるだけで、少しうまくなったような気もする。

考えてみれば、地球もただ太陽の周りを回っているだけである。その回転が季節の移り変わりを生む。回転とは、何度も同じ場所に回帰する反復運動である。だが回るのと回らないのとでは、大違いなのである。

すでになされてきたことをくり返し反復していく。その反復に伴う差異が、進化と多様性を生む。

「おも！」と兄を懸命に真似る二歳児の後ろ姿は、反復と創造の決意にみなぎっている。

＊小野昌弘『免疫学者が語る　パンデミックの「終わり」と、これからの世界』筑摩書房、2022。

共有する経済

ある日息子たちと散歩していると、散歩道の傍らに立つイチジクの木に、大きく熟した実がなっていた。息子たちは興奮しながら「とって！」と僕を見上げる。少し考えたあとに僕は、「ここはたぶんお寺の敷地だから、勝手にとっちゃダメだと思う」と答える。長男は納得しきれないような顔をしている。次男はまた「とって？」と僕を見上げる。

僕たちがいま生きている社会は、「私的所有」という概念の上に成り立っている。だから、お店で売っているものにせよ、寺の境内でなっている果実にせよ、子どもたちが勝手に手にとろうとするのを僕は止めなければならないのである。

ところが人間が設定した社会の外では、私的に所有されているものなどない。たとえば僕の身体には無数のウイルスやバクテリアがいる。僕の身体は、彼らにとっての棲家《すみか》なのである。僕は僕の身体を他の生物種と「共有」していて、一人で所有しているわけではないのだ。
「シェアリング・エコノミー」という言葉が流行するはるか前から、「共有」こそが地球生命圏という「家」における「経済」の基本だった（「経済」とは文字通りには「家の規範《オイコス ノモス》」のことである）。

いまでも近くの川に行けば、子どもたちは魚をとったり、エビをつかまえたりする。山に出かければ虫をとったり、木の実を拾ったりできる。森に落ちているどんぐりは誰のものでもない。そこに卵を生む虫もいる。それを食べるイノシシもいる。あるいはこれを家に持ち帰って遊ぶ人間の子どもたちがいる。

誰のものでもない土地がなくなっていくにしたがって、子どもたちが拾ったりもらったりできるものは少なくなっていく。どんなものもお金で対価を支払わなければ手に入らないものに変わってしまう。

だが、人間はこれまでずっと、人間でない誰かが生み出してきたものを、拾ったり、もらったりして生きてきたのである。そもそも生命エネルギーの根源をたどれば、太陽から降り注ぐ光エネルギーにたどりつく。太陽が宇宙空間に解き放つ膨大なエネルギーを拾ったり、もらったりしながらこの地上の生命はここまで続いてきたのである。

胸いっぱいに息を吸う。大気は、微生物や植物たちの何億年もの活動の賜物《たまもの》である。このなかに酸素や二酸化炭素だけでなく、たくさんの微生物やウイルスがいる。これらが体内の生物多様性を育み、僕たちの健康を守ってくれている。

自分のどこを探しても、自分でないものがいない場所はない。これが、地上で生命を持つすべてのものに共通する最も基本的な原理なのである。

自分であるとは、自己の存在を、他者とシェアしていることなのである。

二度とない永遠

先日、長男が幼稚園に行っている間、二歳の次男と二人で動物園に出かけた。朝から「ゾウさんを見る！」とはりきっていた彼は、園に入るとすぐ、ゾウのいる方へまっしぐらに向かった。

視界にゾウが入るやいなや、彼は目を丸くして、その場に立ち尽くしてしまった。エサを食べ、ウンチをして、歩き、遊ぶゾウの姿を、飽きることもなくじっと眺め続けた。小さな頭のなかで脳の神経細胞が、すごい勢いで発火しているのがわかった。

園内の人が増えてくると、僕たちもゾウのいる場所を離れ、ゴリラやキリン、カバやペンギンなどを見ながら、動物園をぐるりとまわった。そうこうしているうちに、長男の迎えの時間が近づいてきたので、「そろそろ行こうね」と、僕は彼の手を引いた。

ところが、次男はしばらく歩いたところで、「まだみたい」と引き返そうとするのだ。「また今度来ようね」と説得を試みるが、納得のいかない表情の彼は、その場から動こうとしない。

どんなに素晴らしいことでも「また今度」できる。大人になってしまうと僕たちは、ついそんな風に考えてしまう。だが次男の心に、そんな不確かな言葉は、少しも響く様子がなかった。

子どもたちはみな、この瞬間が二度とないかのように生きる。疲れて、からだが動けなくなるまで、遊び尽くしたいのだ。

「また今度来ようね」
「まだここにいたい」

こうしたやり取りを子どもたちとするたびに、間違っているのは僕の方かもしれないと感じる。本当に素晴らしいことは、もう二度とくり返されないかもしれない。「また今度」なんて、ないかもしれないのだ。

いつか二歳の彼とそっくりの後ろ姿で、ゾウに見入っていたはずの兄は、いまはがっしりとした五歳の身体で、幼稚園の庭を仲間たちと駆けまわっている。あのときと同じ兄の後ろ姿を、「また今度」見れる日は来ない。

　だが、「二度とない」と深く自覚するとき、僕は切なさと同時に、なぜか「永遠」を感じる。「永遠」という広がりのなかでだけ、僕たちは何かを「二度とない」と感じることができる。だから、いつまでも何かが反復されることより、「一度きり」と本当に自覚できることの方が、「永遠」にずっと近づいているのかもしれない。

「〝永遠〟と〝一度きり〟の違いのなんと小さなことか」とは、リチャード・パワーズの小説『Bewilderment』*の一節だが、子どもたちといるとき、僕はこの言葉の意味が、少しだけわかるような気がするのだ。

　二度とない一度きりのいまを、生き抜く子たちの姿はいつも、僕

に現在という瞬間の永遠の深みを、垣間見させてくれるのである。

* Richard Powers, *Bewilderment*, Hutchinson Heinemann, 2021.（『惑う星』木原善彦訳、新潮社、2022）引用は原著から筆者訳。

流用の賜物

子どもたちが遊びにくると、僕の仕事場は遊び場に変わる。計算のためのホワイトボードは落書きで埋まり、本や書類が送られてきた段ボールは、工作の材料になる。長男は、本棚から適当な高さの本を取り出しては慎重に並べて段差を作り、ビー玉を転がす装置のようなものを作るのが最近の楽しみである。

先日そんな長男が、僕の仕事場の本棚を見上げ、「お父さんっていっぱい本読んでるんだね」と目を丸くしていた。これまでビー玉を転がすための道具でしかなかった本が、実はお父さんが読んできた本でもあることに、ふとした瞬間、気づいたようである。

『プレイ・マターズ　遊び心の哲学』（松永伸司訳、フィルムアート社）のなかで著者のミゲル・シカールは、「遊び心を発揮することは、もともと遊びのために用意されたものでは

ない文脈を流用すること」だと指摘している。「もともと遊びのために用意されたものではない」僕の仕事場は、「文脈を流用する」機会に溢《あふ》れているという点で、子どもたちにとって恰好《かっこう》の遊び場なのかもしれないと思う。

そんな彼らにかき回されたあとの仕事場を片付けていると、思わぬ発見をすることがある。ビー玉を転がす定規を支えるのに使われていた文庫本を本棚に戻しながら、しばらく忘れていた本を再発見することもある。自分で決めてしまった秩序で固着し始めていた書棚が、新しい意味をまとってよみがえってくる。

分数のかけ算を考えてみるとか、負の数を考えてみるとか、数学の新たな発想ももとをたどれば「流用」の賜物《たまもの》である。特定の文脈で生まれた記号の操作や概念を、別の文脈に流用してみる遊び心が新たな数学を生む。直線という幾何学の概念を数の把握に流用する「数直線」のアイデアがなければ、負の数の概念が定着することもなかったはずである。

目の前のものを何かに流用できないかと考える子どもの真剣な遊び心は、学問の創造的な思考にも通じる。いまの彼らにとっては、数を覚えたり計算をしたりすることよりも、本を並べてビー玉を転がし、段ボールを使って飛行機を作ることの方が、本当の学問に近いのかもしれない。

流用の可能性に開かれた場や素材を、子どもたちはいつも必要としている。何しろ、自然環境そのものが本来、無限の流用の可能性を秘めた場所なのである。完成されたおもちゃや予定の決められた時間割通りの授業ばかりでは、子どもたちの遊び心も窒息してしまう。

僕も、窮屈な社会に窒息しそうになることがある。

先日、仕事から戻って深刻な顔で食事をしていると、次男が近づいてきて「おとーさん、まいごになったの？」と聞いてきた。深刻だったはずの悩みも、二歳児に「まいご？」と聞かれると、文脈がにわかに変わっておかしくなった。

「そう、お父さんまた迷子になっちゃった」と僕は笑って答えた。迷子の概念の流用である。子どもたちの遊び心に、僕はいつも救われている。

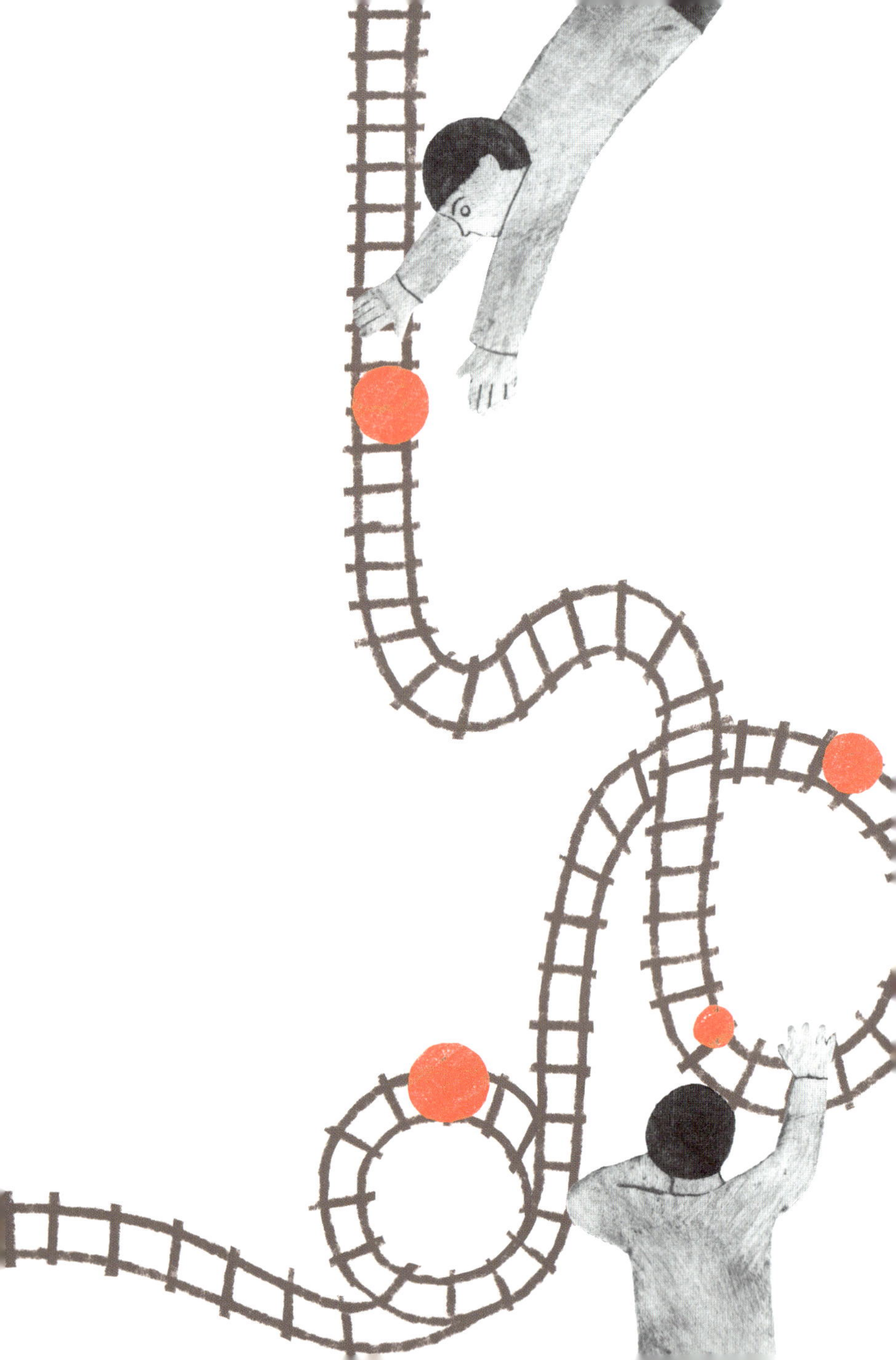

弱いからこそ

毎日、洗濯物の量がすごい。子どもたちが遊んで泥だらけになるたびに着替えるからというのもあるが、衣服なしで人間は生きられない動物なのだと、洗濯物の山を前にするたびに痛感せずにはいられない。

ヒトは何しろ毛がない哺乳類である。裸のままでは、寒さにも暑さにも耐えられない。生物学者ローランド・エノスの著書『「木」から辿る人類史』（水谷淳訳、NHK出版）によれば、ヒトが裸の状態で快適に過ごせる気温の幅はかなり狭く、上限は暗い日陰でも三六度くらい、下限は二五度程度だという。

だから、衣服の悩みなどなく、生まれたままの姿でいられる魚や虫や鳥たちを横目に、僕は寒い日にはコートを着るように、暑い日には薄着をするようにと、子どもたちに喧《やかま》しく口出しをすることになる。ヒトの身体は、植物や動物が生み出してくれた素材の助けなくして、この地球上のほとんどの場所で生きられないほど弱い。

では、衣服さえあれば暑さや寒さを凌《しの》げるかというと、話はそれほど単純でもない。この宇宙は衣服の力だけではどうしようもないほど過酷な場所だ。それは、月のことを考えてみればわかる。

月と地球は、太陽からほとんど同じ距離にある。だが、月の表面では、太陽が降り注ぐ日中は一〇〇度を超え、夜になると氷点下一五〇度を下回る。とても人間には住めない。月の昼夜の温度差がここまで大きいのは、月に大気がないからだ。地球よりも小さく、引力が弱い月は、大気をとどめておくことができない。地球で生きる僕たちは、普段はあまり意識することはなくても、衣服で身を守る以前に、大気という外皮に守られて生きているのである。

長男が宇宙に興味を持ち始めて以来、夜に星空観察の散歩に出かけるようになった。長男は双眼鏡で月をじっと見つめながら、「すっげー」と声を出す。あの美しい表面が何億年も表情を変えないのは、月に大気も生命もないからである。

スマホのアプリを使うと、さらに肉眼では見えない星々も見ることができる。ＧＰＳや電子コンパス、ジャイロセンサや加速度センサを駆使して、スマホの先にある星空が画面上に表示される。足もとにスマホを向けると、地球の裏側に浮かぶ星々まで「見る」ことができる。

植物や動物が生み出す繊維を身にまとい、地球と生命が何億年もかけて作ってきた大気に身を守られながら、機械による高速な計算によって、宇宙の遠方にまで感覚を広げていく。

僕たちは弱いからこそ、植物や、動物や、機械の力を借り、生来の身体を改造し、拡張しながら、この星でなんとか生き延びてきたのである。

裸のままでは生きられないことの証し――子どもたちの小さな衣服を一つずつ畳みながら、僕は彼らの拡張された身体が、これから飛び込んでいく未来を想《おも》う。

生命の舞台

今年の冬はよく雪が降った。京都にしては珍しく十五センチ近く積もった日もあり、そんな日は子どもたちも大喜びだった。しんしんと雪が降り続けた翌朝、窓を開けると景色が真っ白に染まっている。それだけで、「わぁ！」と思わず声が出てしまう。

ある日、雪の日の朝、近くを歩いていると、サザンカの花の鮮やかな赤が目に飛び込んできた。近づくと、肉眼でも見える大きな雪の結晶が、人知れず静かに花びらの上で佇《たたず》んでいた。その幾何学的な美の確かさと、その存在のはかなさとの対比に、僕はちょっとしためまいを感じた。これほど美しいものが、これほど世界の細部に宿っている。しかもそのほとんどは、誰に見られることもなく、ただ溶けてなくなっていくのだ。

「これほど美しいものが文字通り無数にあって、しかもほとんど誰の目にも留まらずに消えて行くのが勿体ないような気がし出した」――世界で初めて人工雪を作ることに成功した物理学者の中谷宇吉郎は、零下三十度の低温室で毎日のように顕微鏡で雪の結晶を観察し続けながら感じたことを、「雪を作る話」というエッセイのなかでこう述懐している。「勿体《もったい》ない」というこの率直な気持ちが、彼を人工雪の研究に向かわせることになった。

実際、人間の感覚からすれば「勿体ない」ほど、自然はあまりにも豊かで懐が深い。誰にも見られない場所で、自然はいつも惜しげもなく表現を続けている。「いいね」や動画の再生数など、人の注意を集めることにばかり夢中な人間社会の傍らで、雪や虫や鳥や花、キノコやサンゴや細菌や岩石は、誰の注目を集めることもないまま、淡々と、その存在の輝きを放ち続けている。

この原稿を執筆している現在、五歳の長男は、幼稚園最後の発表会のために、劇の台詞《せりふ》の練習をしている。新型コロナウイルスの感染拡大下で、無事に上演されるかわからない。それでも、子どもたちにとっては幼稚園最後の大舞台である。練習のときの表情から、おのずと真剣さが伝わってくる。

日々練習を重ね、それを人前で発表する。これまでなら当たり前にくり返されていたことが、いまは予定通りにできるかわからない。練習をしても、舞台はなくなるかもしれない。舞台に立てたとしても、無観客になるかもしれない。それでも、練習に励む。

その姿を見ながら、僕は懐の深い自然の豊かさを思う。誰に気づかれることもない、注目を集めることのない、一人ひとりの子どもたちの日々のささやかな成長がある。サザンカの花びらに佇《たたず》む雪の結晶のように、すべての子どもたちの心に、静かに降り立つ学びや発見がある。

無事に舞台が開かれたら素晴らしいと思う。だが、たとえ舞台が開かれなかったとしても、僕は彼らの成長と学びの日々に、心から拍手を送りたい。日常のすべてのささやかな瞬間こそ、生命の表現の舞台なのである。

「一回休み」の恵み

息子たちが最近、すごろくで遊び始めた。二歳の次男も、サイコロをふって、何とかゲームに参加できるので満足そうだ。

自宅にあるのは古典的な、シンプルなすごろくである。スタートからゴールまで途中にしばしば「一回休み」のマスがある。すごろくでは早く進むことが目標なので、誰もがこのマスを避けたいと願う。

だが、現実の世界では、「一回休み」も、悪いことばかりではない。

たとえば風邪を引く。仕事や学校を休まなければいけなくなる。このとき、からだは懸命に働いている。新たなウイルスを認識し、特徴を学び、将来の脅威に備えて淡々と免疫系が動き出している。

体調不良は日頃の習慣を見直すきっかけにもなる。いつもより弱っているからだは、外からの働きかけに敏感になる。何を食べ、どうからだを使うと無理がないか、あらためて点検する貴重な機会になる。

病気でなくても、欠かせない「休み」もある。それは、日々の睡眠である。睡眠という休みを省略してしまえば、その分さらに前に進めるかというとそうではないのだ。

高校生の頃、『記憶力を強くする』（池谷裕二著、ブルーバックス）という本を読んだ。曰《いわ》く、睡眠時の「夢」こそ、脳の情報を整え、記憶を強化するために必須の過程だという。睡眠を十分にとった方が効率よく記憶ができる。とすれば、闇雲に睡眠を削って「努力」したところで、かえって逆効果なのである。

高校生の僕はこの本に影響を受け、以来、勉強や仕事のために徹夜したことはない。どれほど追い詰められても、疲れたら寝る。休んでいるときにこそ働く自然の力がある。

何かをしたおかげで、何かができるようになる。僕たちはそのようについ考えたくなる。だが、何もしないことでこそ、できるようになることがある。

特に、生き物を見ていると、生きているものは「勝手に育つ」のだと思う。水槽のなかでカワムツが大きくなる。種子からカボチャが育つ。餌をあげ、水をやるなど、積極的にこちらからできることはわずかだ。

子どもたちもまた、結局はひとりでに育つ。成長のための教材や刺激を与え、何かを「する」ことで育つかといえば、それほど単純でもない。

成長はすごろくではないのだ。休むこと、立ち止まること、前進しているように見えない時間を自分のペースで過ごすことが、人が育っていく上での大切な一コマである。

たがいに前進を競い合うだけでなく、ときに立ち止まることを許し合う。そうして、ひとりでに育っていくそれぞれの子たちの力が、存分に開花していってほしいと思う。

さいごのかずは

幼稚園から小学校に上がる前の春休みのある日の夜、長男が「さいごのかずってなんなの？」と聞いてきた。僕は、ついにこの日が来たか！　と心が躍った。
一、十、百、千、万、と少しずつ大きな数を覚えていくうちに、子どもはもっと大きな数を知りたくなる。宇宙の図鑑などを読み始めると、「億」の単位も珍しくなくなる。
「おとうさん、億ってどれくらいなの？」

とこの日息子に聞かれた僕は、「一、十、百、千……」と数えながら紙に、

「100000000」と書いて見せた。これを見てしばらく考えたあと彼は、

「ねえ、さいごのかずってなんなの？」

と聞いてきたのだった。

さいごのかずってなんなのだろう？

この問いを僕が初めて心に抱いたのは、小学生になったばかりの頃だった。なぜか僕はこれをとても切実な問いだと感じ、母に質問をしたのだった。このとき母は、いろいろと調べてくれて、一、十、百、千、万のあとに、億、兆、京《けい》、垓《がい》、秭《じょ》、穣《じょう》、溝《こう》、澗《かん》、正《せい》、載《さい》、極《ごく》、恒河《ごうが》沙《しゃ》、阿僧祇《あそうぎ》、那由他《なゆた》、不可思議《ふかしぎ》、無量大数《むりょうたいすう》が続くらしいと教えてくれた。僕はこれを紙に書いて覚えて、得意になって唱えた。「さいごのかず」は「無量大数」なんだ、と思った。

無量大数は1のあとに0が68個つく数だ。とてつもなく大きな数だが、実際にはもちろん「さいごのかず」ではない。無量大数に1をたせば、無量大数よりも大きな数になる。どんなに大きな数があっても、1をたせばもっと大きな数が作れる。だから、「さいごのかず」などどこにもないのだ。

僕は紙とペンを使って、息子に熱く語り始めた。「1をたす」という説明は彼にはまだ難しいと思ったので、どんなに大きな数を紙に書いても、その後ろに「0」をつけるだけでもっと大きな数が作れることを説明してみた。紙をじっと見つめながら、彼は目を丸くして、「数って、ずっと続いてるってこと!?」と大きな声で叫んだ。そして、紙の上にいくつもの「0」を書き連ねながら、「数ってなんでできたの？」「数の中身はなんなの？」「数ってなんなんだろう」と、とめどなく溢《あふ》れ出してくる思考を抑えられない様子だった。

数は、どこまでも続いていく。このことに気づいた瞬間は、僕にとっても世界のあり方が変わる衝撃的な経験だった。いま彼は、この同じ衝撃を、目の前で味わっているのだ。

息子は紙に、大きな「0」を書いた。そして、「人間の顔も0の形だよね。地球もそうだ」「ゼロは、地球を作ってもいるし、数は地球を作ってるんだよ！　数がなかったら、ものもないんだよ！」と何やら深遠そうな言葉を口にしながら、興奮した様子で、思考に耽《ふけ》り続けるのだった。

終わらない数についての、終わらない思考。僕にとってもまた、忘れられない一夜となった。

さいしょのにんげん

この春、長男が小学校に入学し、新しい生活が始まった。ある日、学校を終えて、心なしかこれまでより少し大人びた表情で食事をしていた彼が、ふと真剣な面持ちで箸を動かす手を休め、こんな質問をしてきた。

「にんげんってさ、うまれてふえるのにさ、いちばんさいしょのにんげんってどうやってうまれたの？　いつもきになってるの」

僕はしばしば考えさせられた。

この問いへの単純な答え方としては、人間は、人間とは別の動物から進化してきたと、説明する方法があるだろう。ホモサピエンスはおよそ三十万年前にアフリカで誕生したといわれている。人類そのものは数百万年前にチンパンジーとの共通祖先から進化してきたという。

最初の人間は、人間に先立つ、人間でないものから生まれたのである。

だが、これでは疑問に答えたことにはならない。なぜなら、今度はその動物が、そもそもどうして生まれたのかという問題に答えなければならないからである。

もちろん、その動物もまた、別の動物から進化してきた。その別の動物もまた、さらに別の動物から進化してきた。となると、彼の疑問に正面から答えるためには、生命の起源を考えなければいけないことになる。

生命の起源については諸説ある。およそ三十八億年前の海底の熱水噴出口の近くで最初の生命が生まれたというのが有力な仮説の一つだ。だがここまでいくと海底で熱水を噴出させるほど「元気な地球」と、そこに生じた最初の生命の線引きをすることが難しくなる。

最初の生命はどうやって生まれたの？　と問うことは結局、そもそもどうして地球はこんなに活発な星なの？　と問うことでもある。人間の起源の問いは、生命の起源、地球の起源へと繋《つな》がっていく。最終的には、宇宙の起源にまで、問いは遡ることになる。

だが、ここまでくると科学はお手上げである。誕生直後の宇宙について、いろいろなことがわかってきているが、そもそもどうして宇宙が生まれたか、その究極の起源については、まだ誰にもわからないのである。

先の少年の素朴な問いに、科学はまったく答えられない。できるとすれば、ただ問いを先延ばしすることだけである。だが、別の答え方を試みることもできる。僕の頭に浮かんだのは荘子の哲学である。

荘子は天地万物の究極の根拠を、正面から考えようとした。彼は、原因の原因をひたすらたどっていくだけでは、根拠にたどり着けないとわかっていた。そんな彼は、自身の根拠を、遠い過去や外にではなく、いまここにいる自己自身のなかに見出そうとした。

自本自根——自らに本づき自らに根ざす。

彼なら、「いままさに、この瞬間の私たちこそが『さいしょのにんげん』だ」と答えたかもしれない。

一連の思考が頭をかけめぐるあいだ、しばし沈黙の時間が流れた。箸を動かす手を止めて考える僕の方を見て、目の前にいる「さいしょのにんげん」は、無邪気な顔で笑っていた。

プレイをしよう

先日、僕の研究室の中庭で、大人と子どもたちが一緒になって、何やら楽しそうな遊びを始めた。その日福岡から来ていた昆虫生態学者や京都の出版社で働く友人が大人チームで、よく遊びにきてくれる小学生たちが子どもチームだ。子どもたちがバスケットボールを投げ合い、「大人にとられたら負け」という遊びをしているらしい。それだけのことだが、みんな大声で盛り上がっていた。

最初は遠目で様子を見ていたうちの次男も、やがておそるおそる遊びの輪に近づいていった。小学生の一人がそんな彼に、ボールを優しく手渡してくれた。何を思ったか次男はそのボールを、そのまますぐに大人に手渡してしまった。そして自信満々の様子で「おとなにとられたゲーム！」と叫んだ。

「大人にとられたら負けゲーム」が、二歳児のひと声で「おとなにとられたゲーム」に変わった。大人にボールを取られることが、にわかに敗因からゴールに変わってしまったのだ。子どもたちの遊びの面白いところは、コロコロとルールが変わっていくことだ。ルールを見つけ、それを更新すること自体、遊びの一環なのだろう。

人類学者のデヴィッド・グレーバーが、『The Utopia of Rules』（邦題は『官僚制のユートピア』以文社）という本のなかで、ゲームとプレイの違いについて論じている。簡単に言えば、ルールを守らなければ成り立たないのがゲームなのに対し、ルールを見つけたり、作ったりできるのがプレイだ。

三振になってもバッターボックスに立ち続けたり、好き勝手な場所に駒を動かしたりしていたら、野球や将棋は成り立たない。ゲームには必ず守らなければならないルールがある。他方でプレイは、与えられたルールからしばしば逸脱していく。

グレーバーはヨハン・ホイジンガが遊びの哲学を追究した遊戯論の古典『ホモ・ルーデンス』から引用しながら、ゲームの三つの特徴を論じる。第一に、ゲームは時間的にも空間的にも日常から切り離されている。第二に、ゲームにはルールがある。第三に、ゲームには競争や勝敗の観念がある。

これを読んだとき、僕は学校のことが思い浮かんだ。学校は日常生活から時間も空間も切

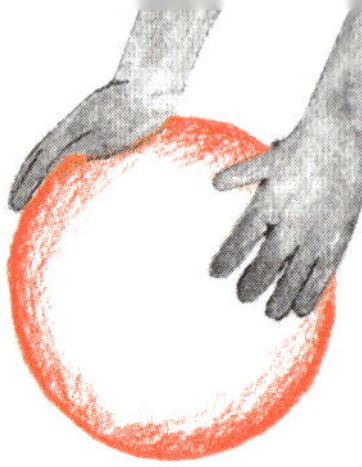

り離されている。やっていいことと悪いことが決められている。そして、成績や評価による勝敗や競争の観念がある。そう考えてみると学校は、しばしば典型的なゲームの空間となる。「ゲームばかりしていないで勉強しなさい」という忠告がどこか的外れに感じられるのも、学校の勉強や受験勉強こそが、ときにゲームそのものだからだろう。
あらゆるルールを踏み越えていく子どもの遊び心に、僕はいつも翻弄されている。それでも彼らの渾身《こんしん》のプレイが、一つのゲームに閉ざされてしまわないでほしいと思う。

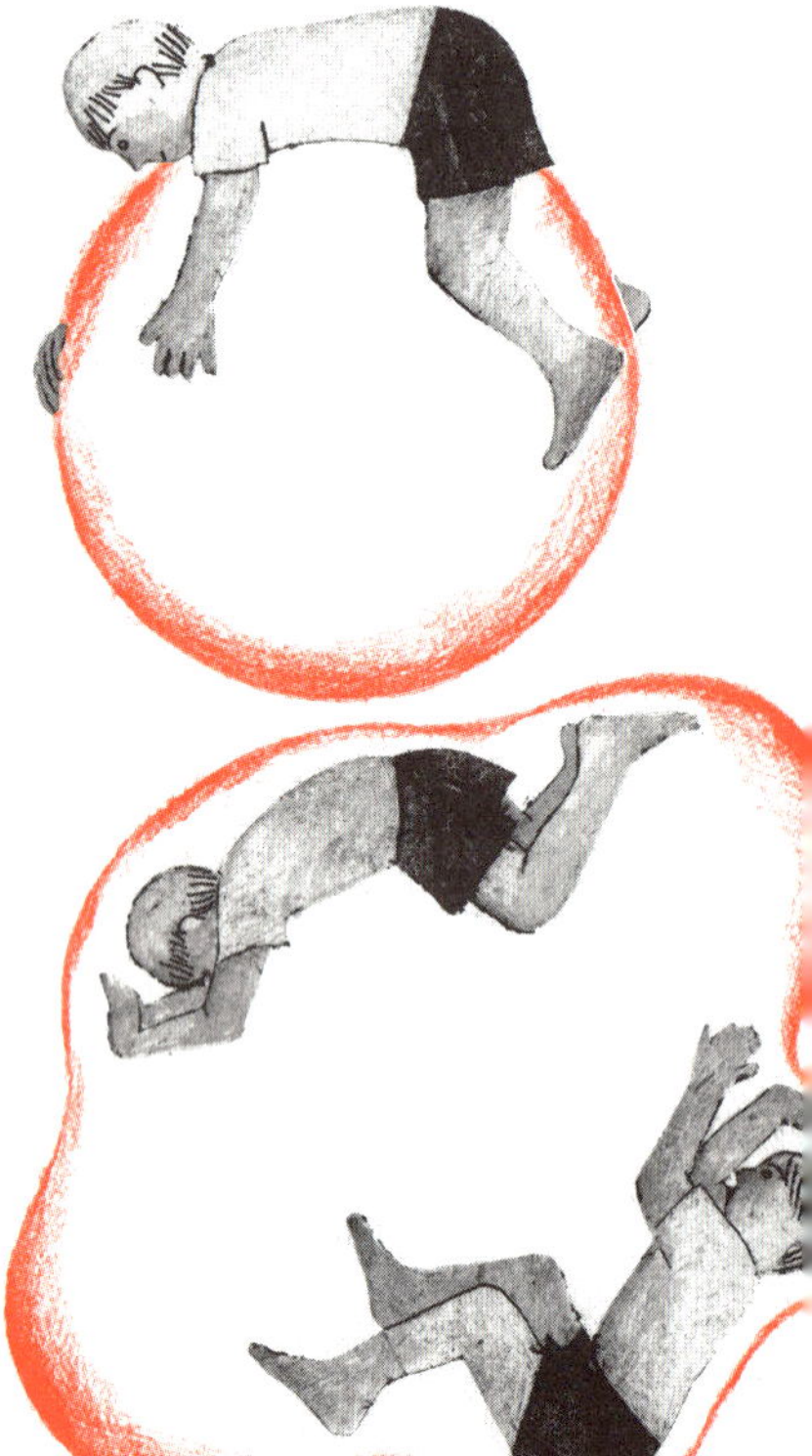

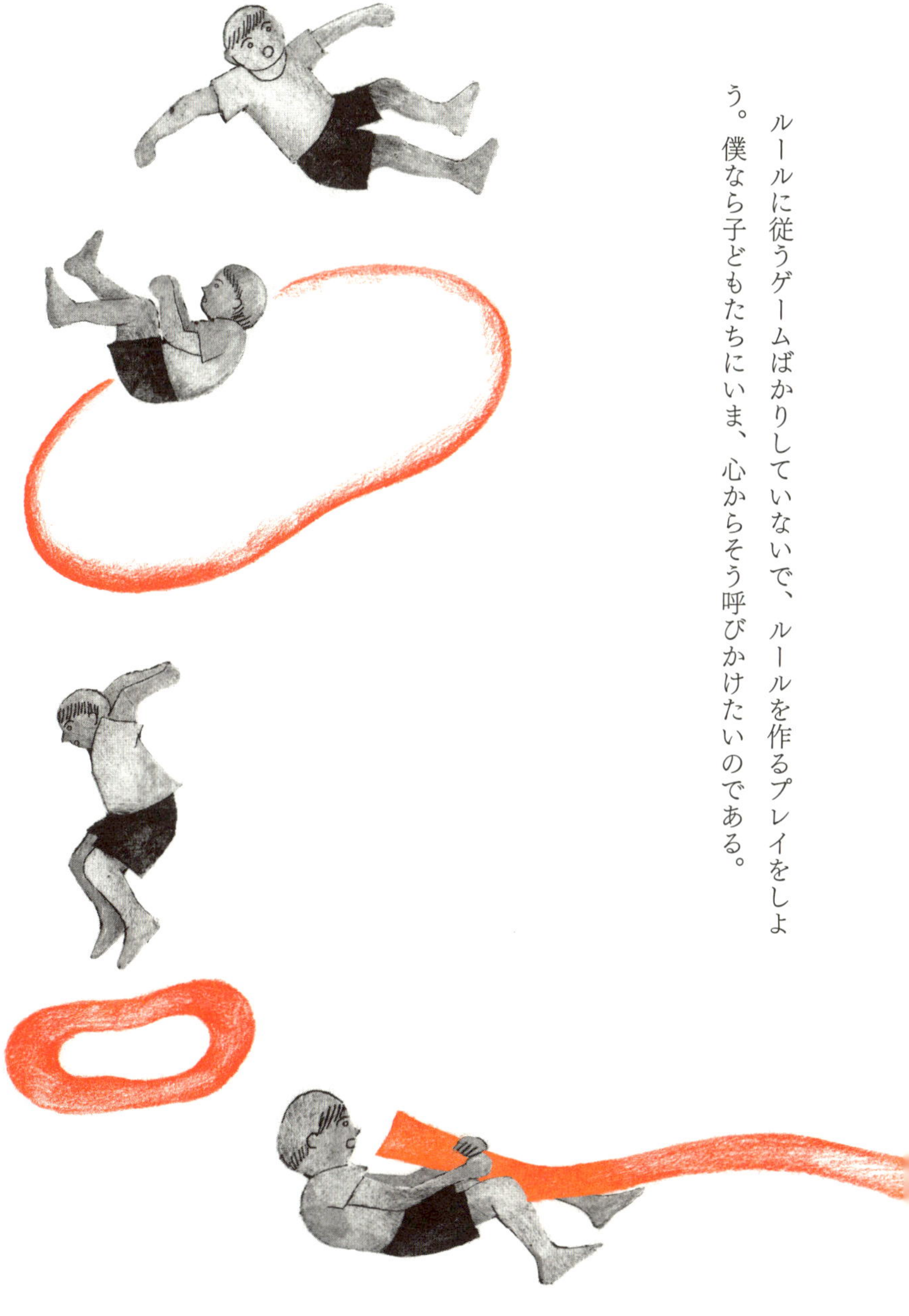

ルールに従うゲームばかりしていないで、ルールを作るプレイをしよう。僕なら子どもたちにいま、心からそう呼びかけたいのである。

生と死のあいだで

六歳と二歳の我が家の子どもたちは、いま何より虫探しが楽しいらしい。都市で虫などほとんど触らずに育った僕は、彼らに教わることばかりでほとんどろくな助言もできない。それでもとにかく、家族でどこかに出かけると、子どもたちはまず虫を探し始めるのだ。鳥取や広島、奈良など、この数週間だけでも、ずいぶんあちこちで虫を探してきた。

そんな旅から帰ってきたある日のこと、子どもたちと近所のパン屋に向かって歩いていると、長男がいつもの散歩道の道端で、大きなシロスジカミキリを見つけた。いままでにどこで見つけたカミキリムシより立派なその姿に、彼は興奮を隠せない様子だった。あれほどあちこちで虫を探してきたのに、「いままでで一番嬉《うれ》しい」と目を輝かせる発見の場所が、こんなに近所だというのがなんともおかしかった。

家に帰ると息子は図鑑を開いて、シロスジカミキリが何を食べるのかを調べ始めた。そして、去年までトノサマガエルを飼っていた大きな水槽に、カミキリムシのための部屋を作り始めた。それからしばらく、シロスジカミキリは立派な触角を大きく広げて、この部屋のなかで存在感を放ち続けていた。

ある朝、このカミキリムシが、土の上でかたまったまま動かなくなった。シロスジカミキリの寿命は短いとどこかで読んだ記憶があるが、ついにそのいのちも尽きてしまったのである。

「庭に埋めてあげようか」と僕が言うと、息子は死んだカミキリムシを触るのが嫌だという。つかまえたとき手のなかでギィギィと大きな音を立てて威嚇されても少しも動じなかった彼も、死んで動かなくなったその姿には、何か恐ろしさを感じているらしい。

ちょうどこの日、福岡から昆虫生態学者の友人が京都に遊びに来ることになっていた。ふと、カミキリムシを土に埋める代わりに、標本を作るのはどうかと思った。

さっそく相談してみると、すぐにカミキリムシを冷凍するようにという指示が届いた。標本づくりのために必要な材料（どれも百円ショップで買えるもの）のリストも送られてきた。こうして急遽《きゅうきょ》、親しい子どもたちにも呼びかけ、この日は標本づくりのワークショップが開かれることになったのである。

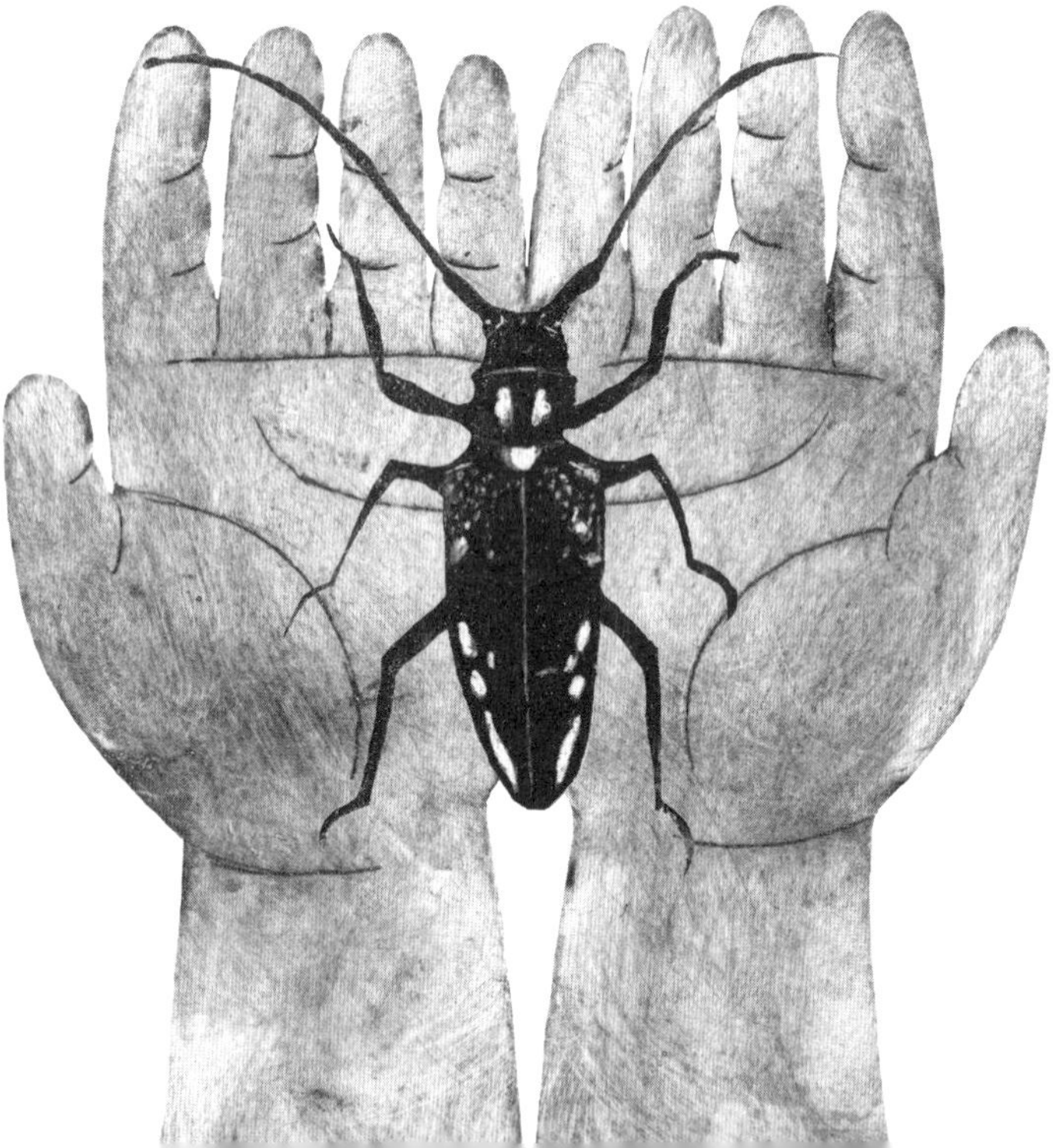

死んだカミキリムシは触覚も足も閉じ、関節は硬くなり始めていた。そのからだに丁寧に触れながら、関節を少しずつ動かし、生きていたときの姿をよみがえらせていく過程に僕もドキドキしてしまった。

カミキリムシはやがて見事な標本になった。死んだ虫に触るのを恐れていた息子に、「標本は嫌い？」と聞くと、彼は真剣な表情で大きく首を横にふって、「すき」と答えた。

生きているとはどういうことなのだろうか。死ぬとはどういうことなのだろうか。たくさんの言葉にならない思考が、心に去来した一日であった。

間違うことができる

長男が小学生になったばかりの最初の夏休みのこと、彼が宿題をやっているのを傍らで見ていると、言葉や数の規則を学ぶことの、面白さと不思議さをしみじみと感じた。たとえば、なぜ「ぼくはあるく」であって「ぼくわあるく」ではいけないのか。どうして「おうさま」であって「おおさま」ではいけないのか。理由を説明してくれと言われても僕は困ってしまうのだ。

歩き方を説明してほしいと言われても困ってしまうように、すでに身についてしまった言葉の規則をあらためて教えてくれと言われても難しい。そもそも言葉の規則は、歴史や文化の蓄積とともに、長い時間をかけてつくられたものだ。それを囲碁や将棋の規則のように、きれいに明示することはできない。

それでも、国語のプリントでは、子どもの書く言葉にマルかバツかの判定がくだる。「おうさま」はマルで、「おおさま」はバツだ。「おおさま、と書くのも〇〇くんらしくていいかもね」とはならない。このあたりが小学校以前の学びや遊びとは大きく違ってくるところだ。砂場で何かを作ってもマルやバツをつけられない。絵を描いたり、歌をくちずさんだり、工作をしたりしていて「間違い」と言われることはない。ちょっと意外なことをしてもむしろ、個性や遊び心と受け止めてもらえる可能性の方が高いかもしれない。

だが「13＋17＝29」と書けばバツだ。くりあがりを理解する前の子らしい、味わいのある間違いかもしれないが、それでも13＋17はあくまで30であって29ではない。少なくとも、正しい足し算をしたいのであれば、残念ながらここに譲歩の余地はない。

そんな規則を窮屈と感じる人もいるかもしれない。だが、間違うことができる世界は、間違うことができない世界に比べて、はるかに豊かだ。

もし何を言っても間違いでなかったら、言葉は壊れてしまうだろう。どんな計算をしても間違いでなければ、計算は意味をなさなくなってしまうだろう。間違うことができるくらいの厳密な構造があるからこそ、言葉は思考を交換する手段になるし、計算は数を操る方法になる。

二人のゲームデザイナーが遊びについて論じた著書『Rules of Play』*のなかに、「遊びとは、より厳密《リジッド》な構造における自由な動きである」という印象的な一文がある。好き勝手に動き回るのが遊びではなく、背景にある「厳密な（あるいは硬直した、柔軟性のない、硬い）」構造を前提としながら、その構造において自由に動き回ることこそが遊びだというのだ。

言葉の規則を身につけた上で、そこから逸脱を試みてみること。常識を踏まえた上で、これを突き破る発想をすること。「厳密な構造」に参加できるようになって初めて、そこからラディカルに遊ぶ可能性が出てくる。

たくさんの間違いを一つずつ重ねながら、やがて開ける広大な思考の遊び場《プレイグラウンド》へと、子どもたちには楽しく、堂々と、歩み続けてほしいと思う。

＊Katie Salen and Eric Zimmerman, *Rules of Play: Game Design Fundamentals*, MIT Press, 2003.(『ルールズ・オブ・プレイ ゲームデザインの基礎』山本貴光訳、ソフトバンククリエイティブ、２０１１)引用は原著から筆者訳。

どこを見てるの？

三歳の次男を自転車のチャイルドシートに座らせながら考えごとをしていると、彼が僕の目をのぞき込みながら、

「どこをみてるの？」

と問いかけてくる。

僕は果たしていま、どこを見ていただろうか、とハッとしながら咄嗟《とっさ》に僕は、

「未来……かな」

と答える。

いま自分は何を考えていたのだろうか。あえて言うなら、「未来」を見ようとしていたのだと思う。だが、どちらかといえば過去を想起していただけという気もする。よく考えてみ

ると、実はわからないのだ。たしかなことは、自分の意識が目の前の現実に、いまは向かっていなかったことである。

「現実を見なさい」という忠告が成り立つのは、そもそも人間には現実の外を見る力があるからである。僕たちはいつも一つの同じ現実を見ているのではなくて、人間の思考は簡単に目の前の現実から離脱していくのである。

だからこそ「どこを見ているか」が重要になる。展望《ヴィジョン》と言ってもいいし、理想と言ってもいいかもしれない。どんな理想を心に抱いているかによって、同じ一日、同じ時間でも、違った意味を帯びるようになる。

三歳になった次男は、最近ちょっとしたことで癇癪《かんしゃく》を起こすようになった。裸足《はだし》で遊びたい。お兄ちゃんと同じことをしたい。そうしたちょっとした願いの一つ一つがかなわないと、しばらく泣き叫んで手がつけられなくなる。

親に靴を履くようにと言われても、いまはどうしても裸足で遊びたい。あなたにはまだ早い、と言われても、兄と同じようにおもちゃや道具を使いたい。

彼の心のなかに描かれる理想が鮮明であればあるほど、理想と現実のギャップが浮き彫りになる。泣き叫ぶ理由がそれだけだとは思わないが、理想と現実の齟齬《そご》の自覚が、涙の一因であることは間違いないと思う。

理想はいつも現実に打ちのめされる宿命にある。だから、冷静な大人は「理想ばかり見ていないで現実を見なさい」と言う。だが、本当に現実だけを見ていて、僕たちは現実と付き合えるのだろうか。

哲学者の谷川嘉浩は著書『鶴見俊輔の言葉と倫理』（人文書院）のなかで、鶴見俊輔の思想を丁寧にひもときながら、理想を夢想し、想像する「無駄」からこそ、「現実の複雑さに押し負けないスタイル」が生まれ得るのではないかと論じている。複雑な現実にただのみ込まれるのではなく、現実を突き放してみること。そのためにも、現実と距離をとるための「理想」が必要なのである。

「どこをみてるの？」という次男の問いに、いつかとびきりの理想で答えたい——そんな「無駄」な夢想をしながら、僕は自転車をこいだ。

探すと見つからない

今年の夏から秋にかけて長男はカマキリ探しに熱中していた。どこかに出かけると、まず「カマキリ探す！」と虫かごを片手にはりきって動き出す。

つかまえたカマキリはその場で放すこともあれば、そのまま自宅に連れて帰ることもあった。一時期は家に何匹もカマキリがいて、食事や産卵まで、長男はその様子をつぶさに観察し続けるのだった。

あるときそんな彼と近所を歩いていると、「カマキリって探そうとすると見つからないのに、探そうとしないと見つかるんだね」と目を丸くしながら語っていた。

ちょうどこの頃から、カマキリを見つける頻度が明らかに高くなった。同じ草むらにいて、僕には何も見えない場所でも、なぜか次々とカマキリを見つけてくるのだ。

見える、というのは不思議なことである。同じ視力で、同じ場所にいても、ある人には見えて、別の人には見えないものがある。目当てのものばかりを見ようとしていると、かえって肝心のものが見えなくなることもある。

数学者の岡潔は、「義務教育私話」と題されたエッセイのなかで、黒板や紙に書かれた数字の正しさばかりにとらわれていると、かえって肝心の数学が見えなくなることがあると指摘している。「目玉」ばかりで目の前の数字を追うだけでなく、むしろ「散歩しながら心の入り口でやる」くらいが本当の数学だというのだ。

紙や黒板に書かれた数字をよく見る方が、もちろん間違いは少なくなる。だが、小さな間違いをいくら回避できても、それで全体の流れを見失っては本末転倒である。むしろ、本質をきちんとつかんでいる人ほど、細かなミスはするものだと岡は言う。

本質をつかむために必要なのは、「未知に向かって見る目」である。それは、目の前にある数字の辻褄《つじつま》を合わせるだけとはまた別の種類の目なのである。

学校に通い始めた長男を見ていると、授業にせよ、宿題にせよ、目に見える正しさを重ねることばかり求められているように感じる。「未知に向かって見る目」は果たして、そんな忙しさのなかで育まれるだろうか。

秋も深まり、長男のカマキリ探しも一段落し始めた頃、ある日、庭で落ち葉を拾っていると、カエルがぴょんとはねて草むらに隠れた。僕はすぐにあたりの草を揺すってみたが、カエルの姿は見当たらなかった。僕はふと「探そうとすると見つからない」の言葉を思い出し、今度は「見る」より「見られる」ような感覚で、しばらくぼうっとあたりを眺めてみた。すると、そこにじっとしているカエルの姿が、くっきりと浮かび上がってきた。

長男が目を丸くしながら語っていたのは、このことだったのかもしれないと思った。草かげに上手に身をひそめるカエルは、いまではおかしなほど丸見えだった。

支え合う喜び

二〇二〇年の春に新型コロナウイルス感染症が日本でも流行し始めて以来、しばらく出張がほとんどなくなっていた。だが最近、また少しずつ、出張の機会が増えてきた。出張中は妻に子どもたち二人を見てもらうことになるので、どうしても妻の家事・育児の負担が大きくなってしまう。

少しでも負担を減らすために、何かできることはないかと考えていたとき、友人の発案で、新たな試みをしてみることになった。僕ばかりが出張に行くのではなく、定期的に、妻にも「旅」に出かけてもらう機会を作ってみることにしたのだ。

僕のいつもの出張はもちろん、仕事があるからこそ出かけていくのだが、日常から少し距離をとり、一人きりになれる時間は、大切な気分転換の機会でもある。

妻にもときには、そのような時間が必要なのではないか。家事や育児から離れ、ただ一人きりになれる時間。楽しみに待ってくれている子どもたちのことを思い浮かべながら、お土産を選ぶ時間。何より、旅先で、自分の好きな人たちと、心ゆくまで語り合う時間。

ときには立場を入れ替え、妻が旅に出て、僕が留守番をする。そうしていつもの役割を入れ替えてみることで、たがいに感じられることもあるのではないかと思った。

昨年の秋に、初めてこの試みをした。いつも新幹線で出かけていく僕の代わりに、妻が新幹線に乗って、一泊の旅に出かけることになった。次男にとっては、母と一緒に眠れない初めての夜になる。果たしてちゃんと眠ってくれるか、日中から泣き出してしまうのではないかと心配だった。

実際、寂しくなった次男が泣き出す瞬間もあった。だが、最終的には大きな事件もなく、無事に二日間を過ごすことができた。自分が作った下手な料理でも、子どもたちが美味《おい》しいと言って食べてくれたときは心からほっとした。いつもは母に寄り添って眠る次男が、僕の腕を握って、ぐっすり眠ったときには、次男の新たな表情に触れたような気がした。

だが何よりこのとき実感したことは、自分が誰かの役に立てていると感じることの喜びだ。

僕は出張に行くとき、いつも妻に負担をかけていることばかりを気にしていた。一方的に負担をかけてしまっていることの後ろめたさを感じながら、肝心の「ありがとう」という素直な気持ちを、きちんと言葉で伝えられていなかったのではないかと思った。

少しだけ息抜きができ、いつもより表情が明るくなった妻が、「ありがとう」と言いながら帰ってきたとき、僕はいまさらながらこのことに気づいた。

たがいに支え合う喜びを分かち合えること。それこそ、ともに生きていく上での支えだったのだと、家族といつもの役割を入れ替えてみて、僕はやっと気づくことができたのである。

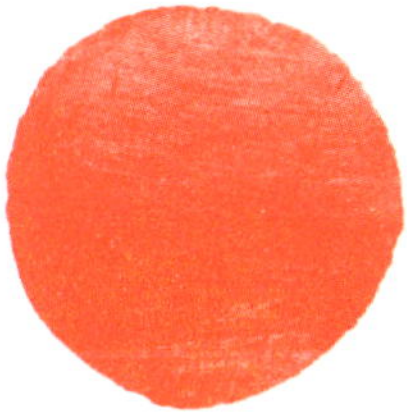

無関心のなぐさめ

朝、次男とケンカをした長男が、目に涙を浮かべながら学校に向かう。足どりは重い。他愛もない兄弟ゲンカとはいえ、ケンカをしたあとは、誰だって落ち込むものだ。

通学路の途中、季節はずれの虫が目にとまる。近所のマンションの生垣の傍らで、もう弱ってしまっているのか、小さな黒いハチが、ほとんど動かずにじっとしている。

長男はこれを見つけるとすぐにしゃがみ込み、拾った枝にハチをのぼらせる。ちゃんと生きていたことに安堵《あんど》し、しばらくじっと観察したあと、そっと生垣のなかに戻してやる。小さな生命との束《つか》の間の邂逅《かいこう》……。このあと、彼の足どりは軽くなった。

人と人が関係する社会とは別の世界が、日常のすぐそばで淡々と営まれている。そのことに触れると、心が少しだけ軽くなることがある。

花や植物が人間をなぐさめてくれるのは、「それが無関心だからだ」と語ったのはヴァージニア・ウルフである。植物だけでなく、虫や鳥だってそうだ。自然の生き物は、人間をいたわってくれるからではなく、人間に無関心でいてくれるからこそ、僕たちをなぐさめてくれる。

ケンカを仲裁しようとする親や教師、涙の理由を尋ねてくれる友人だけでなく、子どもたちもまた、自分に無関心でいてくれる相手を必要としている。野山を歩けば、そうした出会いには事欠かないだろうが、都市で育つ子どもたちにとっては、自分に無関心なものに囲まれる時間は、ますます希少になってきている。

ネットに接続すれば、状況はさらに深刻である。オンライン上では、誰もが一挙手一投足を監視されている。「ソーシャルネットワーク」に一歩踏み込めば、人からどう見られるか、どんな自分を見せたいかという強烈な自意識から逃れることは難しい。たがいの関心を奪い合い、評判を競い合うオンライン空間は、自分に無関心でいてくれるものたちに囲まれた自然とは対極にある。

本来、人は誰もが、自分のなかにいくつもの矛盾した自己を抱えている。嬉《うれ》しくて、悲しい。憎くて、愛《いと》しい。誰かに見られることを意識して、矛盾した自己を無理に一つのアイデンティティに統合してしまうのではなく、矛盾した自分が矛盾したままでいられる無関心のなかでこそ、癒される傷や、悲しみもある。

悲しみや怒りを乗り越えるきっかけは、自分を思ってくれる他者の存在だけとは限らないのだ。ましてや、心の強さや道徳や思想だけで人は前向きになれるわけでもない。思いもしないものに、僕たちは支えられて生きている。凛《りん》として咲く花や、一匹の虫が、閉じかけた心の窓を開いてくれることもある。

「おとうさん、もう、眼《め》赤くないかな?」と長男は僕を見上げる。「大丈夫、真っ白だよ」と僕は答える。手を振り、すっかり軽くなった足で、彼は学校に駆けていった。

郵便はがき

113-8686

おそれいりますが切手をおはりください

東京都文京区
本駒込6-6-3

福音館書店
「読者カード係」行

本選びに役立つ耳より情報をお届けしています！

福音館書店Webサイトでは、はじめての絵本選びや
年齢別ガイドなどの各種パンフレットをご覧いただけます。

こちらからどうぞ　福音館 コンタクト

https://www.fukuinkan.co.jp/contact

ぜひご登録ください

X（旧Twitter）／Instagram／Facebook／YouTube／LINE／メールマガジン

新刊や季節のおすすめの本、キャンペーン情報などをご紹介しています。

ボクはグルート

最近、子どもたちが「アイ・アム・グルート」という短編映画を家で見ていた。各話三分ほどの短い動画シリーズで、僕も横で一緒になって見ていた。すると、これがなかなか面白い。主人公の「ベビー・グルート」は身長二五センチの小さな木で、可愛《かわい》らしい見た目とは裏腹に、いたずら好きで、いろいろな間違いや失敗をくり返しながら、少しずつこの世界を学んでいく。

理論神経科学者のマーク・チャンギージーが、この作品について面白い指摘をしている。*映画のなかで、ベビー・グルートは、「ボクはグルート」というセリフしか発しないのだ。ところが、たった一つのこのセリフだけで、驚くほど多様なメッセージを表現していく。

植木鉢を出て、初めての一歩を踏み出したとき「ボクはグルート!」と叫ぶ。それは「歩けたぞ！」というグルートの心の叫びだ。文脈によって同じ「ボクはグルート」という台詞《せりふ》が、「どうぞ」という意味にもなれば、「それいけ！」という意味にもなり、「やめてくれ」「できた！」という意味になることもあれば、「爆発したからだよ」という意味になることさえある。言葉の意味とは、発せられた言葉そのもの以上に、それが言われた文脈と、話者の表情や声などの情動表現によってこそ作られていくのだ。

現代の世界は言語に深く依存している。自分の思考や意見は、言葉にしなければ伝わらないものだと思われている。だが考えてみると、子どもたちもまた、ベビー・グルートと同じように、幼いうちは、話せたとしても、ごくわずかな言葉しか使えない。それでも表情や仕草、声を出すタイミングなどで、多くの意味やメッセージを伝えられる。

「大嫌い」という言葉でさえ、その言葉が発せられた文脈や、表情、声の調子などによって、文字通り「大嫌い」という意味になることもあれば、逆に、「大好き」という意味になることもある。言われたことより、言われなかったことにこそ、話者の真意が託されていることがある。

情報技術が急速に進歩していくなかで、僕たちのコミュニケーションはますますオンラインに移行しつつある。パンデミック以降この流れは加速し、会議や講義などもオンラインで開かれることが多くなった。言葉を交換する上ではＳＮＳやウェブ会議サービスは便利だが、問題は、類の色の変化や、視線や指先の細かな動き、ちょっとした間合いや沈黙などの言葉にならない表現が、ごっそりと削《そ》ぎ落とされてしまうことである。いわば、「ボクはグルート」という文字列だけは伝わるのに、それを囲む文脈や表情が伝わらないようなものだ。そんな奇妙なコミュニケーションを重ねて、僕たちは本当に何かをわかり合えるのだろうか。

現代の情報技術の進歩によって、言葉を交換する効率はあがった。だが言葉を交換しながら、本当に伝え合っていたのは、言葉にならない何かだったとしたら……。子どもたちと一緒に、映画を見ながら、僕はそんなことを考えていた。

＊ Mark Changizi & Tim Barber, *Expressly Human :Decoding the Language of Emotion*, Ben Bella Books, 2022.

「平均」の落とし穴

七歳になった長男と三歳の次男。二人を見ていると、同じ兄弟でも、それぞれに物の見方や感じ方に個性があって面白い。

同じ絵本を同じ年齢のときに読み聞かせても、兄と弟では反応が違う。同じ食事を前にしても、喜び方や、食いつきが違う。

同じ世界を前に、何を見て、何を感じるかは、兄弟ですら、こんなにも違うのだ。だから、子育ては、何人目であっても、同じことのくり返しにはならないのだと思う。

もちろん、一人ひとりの違いを、いつも注意深く観察し続けることは簡単ではない。特に、相手が多い場合はなおさらだ。学校の教室のように、何十人もの子どもを同時に見守る場所では、一人ひとりの違いに注目するより、みんなにある程度平均的にふるまってもらう必要が出てくるのも無理はない。

だが、「平均」という発想には、思わぬ落とし穴がある。『平均思考は捨てなさい』（小坂恵理訳、早川書房）のなかで、著者のトッド・ローズは、印象的な例を挙げている。

一九四〇年代の末、アメリカ空軍は、たび重なる飛行機事故に悩まされていた。ひどいときには、一日に十七人ものパイロットが墜落事故の犠牲になっていたという。原因はパイロットにあるのか、飛行機そのものにあるのか、しばらく答えは見つからなかったが、やがて、コックピットの設計に問題があることがわかってきた。

技術者はコックピットを設計する当初、何百人ものパイロットの寸法を測定し、パイロットの体型の平均値に合わせて、コックピットの大きさを規格化していたのだ。ところが、そこに思わぬ落とし穴があった。平均的なパイロットというのが、実際にはどこにも存在しなかったのである。

個々のパイロットを調べてみると、身長が平均的でも腕が長かったり、胸囲が平均的でも、腰回りが小さかったりした。コックピットの設計において特に重要な一〇項目に関して、すべてが平均におさまるパイロットは一人もいなかった。パイロットはみな、よく調べてみると、ただ一人ひとりが、それぞれに異なる個性的な体型をしていた。

最終的に空軍が、コックピットを個々のパイロットの体型に合わせて調整できるように改良したことで事態は好転していく。「調整可能なシート」というアイディアは、いまではどんな自動車にも標準で装備されている。

長男は学校から毎日宿題をもらってくる。平均的な進度で平均的な難易度の問題が、すべての子どもたちに同じ量だけ与えられる。このままでは、まるで調整不能なコックピットのようである。

個別に生徒に合わせて宿題の難易度や進度を調整することは、現代の情報技術をもってすれば、すでに十分に可能なはずだ。窮屈なコックピットから抜け出し、「平均」の呪縛から子どもたちが解き放たれていくためにも、未来の学びの風景を、もっと大胆に想像してみたいと思う。

生命の時間

これまでできなかったことができるようになるのは、学びの大きな喜びである。子どもたちはいつも学びの渦中で、日々、新しいことができる喜びに目を輝かせている。だが、彼らと一緒にいると、何かがまだできないことが、とても尊いと感じるときもある。

たとえば、次男はまだ時計が読めない。だから、いまが何時かを気にすることもなければ、未来の予定について心を悩ますこともない。自分の感覚から切り離された時間の流れを、まだ想像することもできない。

それはひょっとすると、とても清々しいことかもしれないと思う。時間がいつも、自分の生きる瞬間と密着しているのだ。はたして、それがどんな感覚だったか、僕はもう朧《おぼろ》げにしか思い出すことができない。

小学校に入ると真っ先に、時計の読み方の学習が始まる。時計を読むのは意外なほど難しい。特に、分針まで正確に読めるようになるには、かなり長い道のりがある。

長男がまだ四歳の頃、福音館書店から出ている『とけいのほん』（まついのりこ作）という絵本を読んだ。時計がまだ読めない子どもに、時計の読み方を教える工夫が詰まった絵本だ。当時の長男は、第二巻で分針を読むところで、このときはお手上げとなった。数えることができるようになっても、時計が読めるまでには、まだまだ大きな距離があることを、あらためて実感する経験だった。

長男は小学生になり、いつの間にか時計が読めるようになった。『とけいのほん』も、いまなら最後までスラスラと読める。あと戻りできない一つの大きな成長の階段を、彼もついにのぼってしまったのである。

分単位で刻まれる解像度の高い時間を読み取ることは、近代人として必須の技能《スキル》だ。だが太陽の動きや体内時計と違い、人工時計の動きは、いつも速度が変わらない。自分と無関係にいつも同じ速さで進み続ける時間――時計が示唆する時間の観念は、考えてみると不気味で、かなり不自然なものである。

産業革命の頃、こうした固定化された時間のリズムを強要されることを忌避した労働者たちは、抵抗し、各地の工場で、時計が破壊される事件も起きた。時間は生命が刻むものであり、自分の外で決められてたまるか。そういう直感が、抵抗の理由だったかもしれない。

時計を正確に読み、時間に沿って動くことは、もちろん大切な技能である。だが、真に豊かな時間は、自分の外を流れるものではない。時間は、みずから生み出していくものである。このことは、時計が読めるようになっても、忘れないでいてほしいと思う。

自分がいなくなっても、時計は動き続ける。だが、自分がいなくなってしまえば、動かなくなる時間もある。「誰にも替えられない、その自分の時間をこそ、これからも大切に、育てていってね」。始業の時刻をめがけ学校へと向かう、まだ小さな背中を見送りながら思う。

子ども心と夜の空

「はづかしや　おれが心と　秋の空」とは、江戸時代の俳人・小林一茶の詠んだ句だという。一茶の時代には「女心と秋の空」ではなく、むしろ「男心と秋の空」を結びつける表現が一般的だったそうだ。移ろいやすく、ときに呆《あき》れるほど飽き（＝秋）やすいという点では、男心も女心も、区別できるほど大きな違いはないのかもしれない。

一方で、子ども心を考えてみると、その変わり方の激しさは、もはや「秋の空」どころではない。この世の終わりのように激しく泣き叫んでいたかと思えば、つぎの瞬間にはけろりとして笑いながら食事をしている。嵐と晴れをこうも頻繁にくり返していては、地上の生き物もたまったものではない。

だが、子ども心はただ変わりやすいだけではない。虫を追いかけるとき、雪を踏みしめるとき、初めて何かを学ぼうとするとき――未知の何かに出会うときの彼らの心は、ときにまるで夜空のように澄んで、静かに、冴《さ》えわたっている。

昼間の晴れた空は青い。それは太陽の光が大気の分子にあたって散乱しているためだ。空のこの眩《まぶ》しい青さは、太陽系の外からやってくる無数の星々の弱い光を、ことごとく太陽の一つの強い光で覆い隠してしまう。だからこそ僕たちは、宇宙の存在をしばし忘れて、まるでここがすべてであるかのように、仕事や遊びに没頭することもできる。

だが夜になればひとつ、またひとつと空に、星々が浮かび上がってくる。そうしてこの大地だけがすべてではなかったと、僕たちは思い出すことができる。

未知と出会うときの子どもたちの心は、自分を超えた宇宙の果てしない広さに、まるで夜空のように無防備に開け放たれている。青空のベールで宇宙を隠すのではなく、どんな遠く微《かす》かな光も逃すまいと、しんとして冥《くら》く冴えわたっている。そんなときの彼らの様子を見ていると、「子ども心と夜の空」という言葉がふと心に浮かぶこともある。

だが、どれほど静かな夜も、いつまでもは続かない。また朝が来て、宇宙から届く星々の光を、青空が人間の目から隠してしまう。

僕たちの心は、いつまでも宇宙を直視できるほど、強くはないのかもしれない。しかしいつまでも青空のしたに閉じこもっていられるほど、未知に無関心でもいられない。

青空と夜空がくり返されること。昼と夜が交替し続けること。地球の空の変わりやすさが、人の心を揺さぶり、また育ててもきた。

ときに秋の空のようにめまぐるしく、ときに夜空のように静かに冴えわたっている——この惑星で育つ子どもたちの心は、いつも空のように矛盾していて、遠い宇宙に開かれている。

生かし合いの網のなかで

先日、竹ぼうきで庭を掃除していると、左手の親指にチクリとした痛みを感じた。その直後、さらに強い痛みが指全体に走り、しばらくすると指はパンパンに腫れてきた。どうやら何かの虫に刺されたらしい。だが、竹ぼうきのどこにも虫は見当たらなかった。

数日後、庭で遊んでいる長男が、「見て！　ほうきのなかにハチが！」と叫んだ。見ると、あの竹ぼうきに、人があけたとしか思えないほどきれいな穴がひとつ丁寧にあけられている。そこにハチが頭を入れて、いまにもなかに入ろうとしている。

あの日の痛みの謎がこれで解けた。

調べてみると、タイワンタケクマバチというハチらしい。胸のあたりが黄色いキムネクマバチ（いわゆる「クマバチ」）と違い、全身が黒い。枯れた竹に穴をあけて営巣する習性があり、輸入された竹材に混入して大陸から入ってきたようだ。国内で最初に確認されたのは二〇〇六年のことであるという。

クマバチのことを英語では「carpenter bee」という。たしかに、あけられた穴の精巧さを見ると、「carpenter（大工）」の名にふさわしいと思った。

この竹は、僕にとっては掃除道具の一部でしかないが、ハチにとっては立派な住処《すみか》だったのである。ハチに刺されるのはもう御免だが、同じものでも、だれが見るかで、こうも解釈が違うというのは面白いと思う。

自然の事物には、あらかじめ定められた用途や使用法はない。目の前のものを、どのようなものとして生かしていくかは、いつも本人次第なのだ。

竹を生かすハチ、ハチを生かす花、岩を生かすコケ、糞《ふん》を生かす虫……。「生きる」ことは「生かす」ことと表裏一体である。他者のなかに潜む思わぬ可能性や魅力を見つけ、引き出していくことは、どんな生き物にとっても死活問題である。

だからこそ、多様な生き物で賑《にぎ》わう環境は、豊かな生かし合いの場ともなる。何の変哲もない、無用にしか見えない事物にも、思わぬ生かし方が潜んでいる可能性がある。

生きることは優劣をめぐる単なる競争ではない。生きることは生かし合いの網に参加し、たがいのなかに眠る思わぬ可能性を見つけ合っていくことである。

さて、今日はどんな意外な、自然の生かし方が見つかるだろうか。まだ見ぬ生き方、生かし方を探すものとして、子どもも大人も、どんな生き物も、みなこの同じ星を分かち合う探求者である。

カタツムリの背中

つい先日まで、自宅の水槽に大きなカタツムリがいた。これまでにもこの水槽では、トノサマガエルやモリアオガエル、アカハライモリなど息子たちが近くでつかまえてきた生き物たちが飼われてはまた放されてきたのだが、このときは、河原で遊んでいたときに彼らが見つけてきた、大きく立派な殻を背負ったカタツムリが水槽のなかにいた。

そういえば、カタツムリをまじまじと観察したことはこれまでなかったかもしれないと思った。ガラスについたコケを食べる旺盛な口の動きや、長い眼《め》を自在に伸び縮みさせる様子などを見ていると、あらためて生命の不思議さに心打たれた。

カタツムリのことをもう少し詳しく知りたいと思い、僕はいくつかの本を入手した。このとき読んだ一冊のなかに『歌うカタツムリ』(千葉聡著、岩波科学ライブラリー)という本があって、これがとても面白かった。

カタツムリは殻の形や色、模様などの多様性が著しい生き物だという。その地域ごとのあまりに多様な種分化ゆえに、カタツムリの研究は、進化論をめぐる様々な学説がぶつかり合う舞台でもあり続けてきた。

カタツムリはそもそも陸に棲《す》む貝である。かつて海に暮らしていた頃に得た「殻」を早々に脱ぎ捨ててしまったナメクジとは違い、カタツムリは殻を背負い続けるという制約を手放すことなく生き延びてきた。陸上であちこちに移動したり、狭い場所を通り抜けたりする際に、殻はずいぶん邪魔なことだろう。だが、この「制約ゆえに、環境への適応や捕食者との戦いの中で、多彩な殻の使い方、形、そして生き方の戦略が生み出され」てきたのだと、『歌うカタツムリ』の著者は言う。

海に住んでいた祖先が背負い始めた殻――この制約に、カタツムリは生き方を縛られてきた。だが、その制約があるからこそ、ギリギリの選択肢が浮かび上がってくる。戦略一つで、局面が大きく変わることもある。ちょっとした偶然や出会いによって、状況が思わぬ仕方で打開されることもある。選択肢の少なさが、逆説的にも、一つの偶然、一つの決断によって開かれる多様な可能性を出現させるのだ。

選択肢が多いことこそが自由だと僕はどこかで思い込んでいた。だが、選択肢の少なさが浮かび上がらせる切実な可能性もある。

我が家のカタツムリは、息子たちがつかまえてからしばらく水槽のなかにいた。エサのリンゴに力強く食らいつくその姿に、僕はまじまじとしばらく見入ってしまった。重い殻を脱ぎ捨てることなく、懸命に生きる陸の貝——カタツムリは何かとても大切な教えを、黙々と背中で語り続けているようであった。

少しずつ近づく

しりとりやオセロ、将棋やトランプなど、子どもたちと家でいろいろな遊びをする。はじめは子どもたちもルールを覚えるので精一杯だが、それまでできなかった遊びが、できるようになる喜びは大きい。

最近は、長男が神経衰弱に夢中だ。はじめのうちはこちらも手加減をしていたが、この頃は本気を出さないと勝てなくなってきた。

人の記憶する力は限られている。そのことが神経衰弱を面白くしている。まるで機械のように、見たものすべてを正確に記憶できたら、神経衰弱は淡々とした事務手続きになってしまう。あっちかこっちか、このあたりにエースがあったような、なかったような……そういう曖昧な記憶のなかを手探りする不確実性が、このゲームに緊張感を与えてくれている。

最近は四歳の次男も参戦するようになった。まずはトランプに書かれた数がわかること。そして二枚のトランプに書かれた数が同じか判断できること。そうしたいくつものハードルを一つずつ乗り越えて、ついに彼もこの遊びに参加できるようになった。

とはいえ、彼にはまだ戦略も手順もほとんどなくて、偶然に任せて、目の前にあるトランプを二枚同時にめくり、当たったか当たってないかで一喜一憂している段階だ。それでもたまに連続して当たることもあって、そうすると長男も、次男の「躍進」に焦りを感じ始める。焦ったり、感情が動いたりすると、さっきまで覚えていたはずのカードまで忘れてしまう。だから平静でいようと、必死でこらえている様子が、長男の表情にはっきりと現れている。記憶が感情に揺さぶられてしまう人間の弱さもまた、このゲームを面白くしている要因の一つかもしれないと思う。

何かを探すこと。隠れたものに少しずつ近づいていくこと。それを自分の手で見つけるということ。そのことの面白さと喜びは、神経衰弱だけでなく、虫とりや読書や、研究にも通じる普遍的なものなのだろう。

「少しずつ近づく」ためには、まず試みてみる必要がある。最初に引いた二枚のトランプの数字が一致するとは限らない。最初に狙ったセミをうまくとらえられるとは限らない。

だが、二枚のトランプの数字が同じではなかったという「ミス」を重ねていくたびに、どこにどんなトランプがあるかを学んでいく。セミに逃げられるたびに、セミの習性や能力についての理解が少しずつ深まっていく。つかもうとしたものがつかめない瞬間の気づきや発見こそが、最後に目当ての場所に自分を連れて行ってくれる底力になる。

完璧な記憶力を持つ機械になってしまえば、ゲームは退屈でしかないだろう。だが幸いにも、僕たちはいつも不完全で、限られた力しか持たないのである。だからこそいくつものミスを重ねながら、どこかに「少しずつ近づいていく」ことができる。子どもたちの何気ない遊びのなかには、その過程の喜びがいつも詰まっている。

ちょうど二つに割る

何が最初のきっかけだったか、もはやさだかではないのだが、あるとき、なぜか呪文のように「チョコパキ」と言うと、長男が「2で割る」という計算を瞬時に、正確にできることがわかった。

「34をチョコパキすると？」と聞くと「17！」と即座に答える。ところが「17×2は？」と聞くと、「うーん、えっとぉ……」となってなかなか答えが出てこない。どうやら「34÷2」という計算を、彼は数字の操作としてではなく、「チョコをパキッと真っ二つに割る」という視覚的なイメージで行っているようなのだ。

試しに「96をチョコパキすると？」と聞くとまたすぐに「48」と答える。本人に聞いてみたところ、まず80をチョコパキして、そのあとに残りの16もチョコパキする。それらの結果を足しあわせて、48という答えが出てくるのだという。

残念ながらこの方法が使えるのは「2で割る」という手続きまでで、たとえば「チョコをきれいに3つに割る」ことをイメージしようとしても、それはうまくいかないらしい。

彼の「ちょうど二つに割る」ことに対する熱意の強さは、きっと弟との関係のなかで育まれたものだ。お菓子はちょうど二つに割らなければ喧嘩《けんか》になってしまう。その結果、「ちょうど真っ二つに割る」という操作への想像力が、長男のなかでかなり研ぎ澄まされているようなのである。

半分笑い話のようだが、同じ計算の結果にたどり着くにも、いくつもの方法があるというのは面白い。もちろん規則通りに筆算をすることでも割り算はで

きるが、頭のなかで何かが二つに割れるのを正確にイメージすることによっても、同じ結果にたどり着くことができる。後者の場合、計算に伴う「感触《フィーリング》（チョコをパキッと割る感じ）」が、正しい計算の実行を支えているのである。

数の感触が、正しい計算の邪魔をすることもある。『数覚とは何か？』（スタニスラス・ドゥアンヌ著、長谷川眞理子・小林哲生訳、早川書房）という本のなかに、世界中で「計算間違い」の傾向を調べた興味深い研究が紹介されている。たとえば「5×6＝36」というのは典型的な間違いなのだそうだ。「5×6」という数字の並びの「感じ」に引きずられて、かけ算の結果を「30」よりも「36」と結びつけてしまうのである。

逆に「7×9＝20」のようなミスは、ほとんど起

きないのだという。奇数に奇数をかけると奇数になるという「感じ」を僕たちは何となくわかっていて、かけ算の結果の偶奇を間違う例は、とても少ないのだという。

計算はただ規則通りに記号を操ることではなくて、計算には、それに伴う感触がある。子どもたちは神経衰弱などの遊びを通して、数の偶奇の感じを覚えたり、兄弟喧嘩を避ける努力のなかで、知らず知らずのうちに割り算の感じを身につけたりしている。

正しい結果が出せるかだけでなく、子どもがどんな「感じ」を味わいながら計算しているのか。そこにちょっと注意を向けてみると、思わぬ発見もあるかもしれないと思う。

運動神経

四歳の次男は、走ることがすごく好きで、一緒に散歩にいくと、「ねえ、走ろう？」と誘われることがある。その走る姿が、いかにも軽やかで、楽しげなのだ。

いつも兄を追いかけているからだろうか、そういえば、僕の妹も、小さい頃から足が速かった。運動会でもリレーのアンカーとして、それこそ軽やかに、楽しげにいつも駆け抜けていた。次男が走るのを見ていると、妹が無邪気に駆けていたあの頃の姿が、なんとなく、懐かしくよみがえってくる。

僕はバスケをずっとやっていたが、走るのはそんなに得意ではなかった。運動神経のよさでは、妹にはとてもかなわないと、いつも感じていた。

だが「運動神経」とはそもそも何なのだろうか。それは本来、だれかと比較できるようなものなのだろうか。

神経系が運動を生み出す仕組みについてはまだまだわかっていないことも多い。ただ、従来の常識的な考え方によれば、運動するとき脳の運動野からは、「運動指令」の信号が出されていると考えられてきた。ところが、イギリスの神経科学者であるカール・フリストンらは近年、「脳の大統一理論」として注目されている「自由エネルギー原理」という観点に基づいて、まったく違う可能性を提案している。僕たちが動くとき、脳の運動野から出力されているのは、運動指令ではなく、「筋感覚の予測信号」だというのだ。

つまりはこういうことである。たとえば僕たちがコップをつかもうとするとき、脳はコップのある場所まで手を動かすために必要な運動指令を計算しているので〈は〉〈な〉〈い〉。そうではなく、コップをつかんだときの筋感覚を予測し、その「感覚の予測信号」を筋肉に出力しているというのだ。

たしかに、バスケでシュートを打つとき、シュートが入るために、どのように関節を動かし、どのように筋肉を収縮すべきかを全身の筋肉に指示するよりも、シュートが入ったときの「感じ」を予測し、その感覚の予測と現在の差を埋めるように運動を生成していく方が、自然に、なめらかな動作が生まれるというのはわかる気がする。

なにより、フリストンらの理論の驚くべきところは、運動が感覚信号の予測で実現されているとすれば、感覚と運動の区別が難しくなることだ。動くことと感じることは本来、深く混じり合っていて、うまく動けることは、うまく動けたときにどんな感じがするかを、感じられることと不可分なのである。

妹も次男も、近くにいる兄を幼いときから追いかけていた。そうして、走れるとはどういう感じなのかを、走れないときから予測し、その予測の精度を、着々と磨いていた。

自分の運動は、幼い妹にとって、運動を予測するための糧になっていたかもしれない。そう思うと、少しだけ、誇らしい気持ちになる。

「運動神経のよさ」とは結局、ただ個人の力なのではなく、時を越えた意外なチームワークの賜物《たまもの》なのかもしれないのである。

【参考文献】　乾敏郎『感情とはそもそも何なのか』ミネルヴァ書房（２０１８）

磁石と魔法

見えないようにこっそりと磁石を握り締めた片手を、目の前で別の磁石に近づけながら次男が、得意そうな顔で「まほうでしょ?」と言う。手を近づけるだけで、手は触れていないのに、磁石が動く。

「磁石は接触なしに働くがゆえに、不思議なもの・謎めいたもの・神秘的なものとして、古来、ときに生命的なものないし霊魂的なものと見なされ、しばしば魔術的なものとさえ思念されてきた」と『磁力と重力の発見』(みすず書房)の著者・山本義隆は記している。接触し

ていないのに働く魔法のような力――磁力は、近代に至るまで、そんな不思議で魔術的な力の代名詞だったのである。

いま次男が手に握っているのは、先日、長男と工作のために近くで買ってきたボタン型のフェライト磁石だ。長男はその日、『小学館の図鑑NEO　科学の実験』を見て、そこに載っている「リニアモーターカー」を作ろうとしていた。それは、磁石と定規を使って作れるリニアモーターカーを模した簡単なおもちゃで、いくつもの磁石を定規に貼りつけてレールを作ったあとに、その両側に電流を流すための導線となるアルミ箔《はく》を貼る。ここに電流を流すと、アルミ箔と紙で作った車体が、磁場のなかを流れる電流にかかる力によって、颯爽《さっそう》とすべり出すという趣向だ。

はじめ長男は、家にある磁石と定規で黙々とこれを作

ろうとしていた。ところが、家にある磁石の数が少なく、定規もちょうどいいサイズのものがなくて、なかなかうまく動かない。そこで、二人で近所の百均で材料を揃《そろ》えるところから始めて、あらためて挑戦してみることにしたのだ。

いざ一緒に作ろうとしてみると、いくつも重ねた磁石の強い反発力で定規に固定する前に磁石がひっくり返ってしまったり、アルミ箔がすぐに破けてしまったりなど、なかなか難しい。小さな挫折をいくつもくり返しながら僕たちは、「うわ」とか「うぉお」とか叫びながら製作に没頭した。

そしてついに、いまにも破れそうなアルミ箔のスイッチをレールに繋《つな》いだ瞬間、折り紙で作った「車体」が飛ぶような速度で走った。長男は目を丸くして、喜びでからだを震わせていた。何度も失敗をくり返したあとだったので、動いたときの喜びはひとしおだった。

磁石と電気の不思議な関係は、いまでは説明不可能な謎ではなくなり、その背後にある自然の法則を、数学を使って正確に記述できるようになった。それでも、磁石が生み出す見えない力が、人に与える驚きや感動は消えない。

電気や磁石に触れて「まるで魔法のようだ」と目を丸くしてきた数多《あまた》の先人たちのことを想《おも》う。魔法に魅せられたそんな一人ひとりの思索と探究の果てに、僕たちは少しずつ、この世界を学んできたのだ。

「まほうでしょ?」という次男の声に僕は、「ほんとうに、まほうみたいだね」と答えていた。次男はいかにも愉快そうな様子で、いたずらっぽく笑っていた。

予ニ用ナシ

「役に立たない」ことが理由で、学問が嫌われてしまうことがある。特に数学は、なぜか嫌われものになりがちだ。三角関数や微積分を学校で学んだけれど、社会に出ても何の役にも立たないではないかと、数学を非難する人も珍しくない。

明治生まれの偉大な数学者・高木貞治はあるエッセイのなかで「世ニ用ナシ」と数学をにべもなく批判する江戸時代の儒者の言葉を紹介している。少なくともこの時代からすでに「役に立たない」と数学を責める人たちがいたのだ。このエッセイで高木は、「耳が痛い！」と嘆きつつも、「世ニ用ナシ」という儒者の言葉は、本当は「予ニ用ナシ」と改めるべきではないかと、皮肉を込めてコメントしている。役に立つも立たないも、結局は自分次第、ということである。

最近このことに関して、ちょっと思い当たる出来事があった。ある日、長男が学校から帰ってきたあと、どうも浮かない顔をしている。どうしたの、と聞いてみると、どうやら学校の体育で嫌なことがあったらしい。体操の授業で、でんぐり返しが、自分だけどうしてもできなかったというのだ。

それを聞いて、僕も小学生の頃、でんぐり返しが苦手だったことを思い出した。なぜかいつもズドンと背中から着地して、頭がくらくらするのだ。それこそ、こんなことをやっていったい「何の役に立つのか」と、心のなかでいつも不満を抱いていた。

いまは便利な時代で、ネットで検索すると、でんぐり返しのコツを要領よく教えてくれる動画がいくつも出てくる。その晩、家族みんなで、部屋に布団を敷いて、動画を見ながら、でんぐり返しの練習をした。いままでいつも足でジャンプして背中で着地していた僕も、この日初めて、でんぐり返しは足で蹴るのではなく、ゆっくりと背中を丸めて、頭の後ろから地面につけて転がっていくものなのだと学んだ。最初はこわがっていた長男も、コツをつかむと「またやる！」と、でんぐり返しがすっかり面白くなった様子だ。

それからしばらくしたある日、僕は庭の松の剪定《せんてい》をしていた。高さ十メートル近くある松で、枝をつたっててっぺんまでのぼっていくのだが、この日はいままで手が届かなかった枝にも、なぜか手が届くようになっていた。枝と枝の隙間に、背中を丸めてからだを通していく。このとき背中の動きが何かに似ているように感じて、「あ、でんぐり返しだ！」と思った。

何の役にも立たないと思っていたでんぐり返しは、自分のからだの可能性を広げてくれる大切な動きの基本だった。背骨を丸める感覚を知っているのといないのとでは、木の上でできる動きの幅が違うのだ。

でんぐり返しなど「予ニ用ナシ」と決めつけていた自分を僕はこのとき心から恥じた。まさかでんぐり返しが木の上で役に立つ日が来るとは、夢にも思っていなかったのである。

記憶をつなぐ場所

四年前に亡くなった母方の祖父が大切にしていた庭が東京にあって、いまは叔母の家族がここを引き継いで暮らしている。先日、親戚一同で、久しぶりにこの庭に集まる機会があった。

庭の中央奥には大きな松があって、その手前の小さな芝地で、幼い頃によく従姉妹《いとこ》たちと遊んだ思い出がある。いまはちょうど、そこを走り回っていたときの自分と同じ年頃の従姉妹の子どもたちが、むかしの僕らと同じように、庭を駆け回って遊んでいる。

いつも芝生の方から眺めるだけだった松を、あらためて木の下から見上げてみると、長年細やかな手入れがされ続けてきたことがよくわかる枝ぶりだった。自分で庭仕事をするようになるまで、あまり考えてみたこともなかったが、この日ふと、僕は祖父の松にのぼってみようと思った。

松の足もとにある岩に乗ると、ひょいと最初の太い枝にのぼれて、そこからちゃんと、木のてっぺんまでのぼり道が見える。祖父が手入れをしながら形づくられてきたその道は、祖父のからだにぴったりの大きさだった。

叔母に聞いてみると、祖父は八十になる頃まで、この松に自分でのぼって手入れをしていたという。最近になって、僕も松の手入れを始めるようになったが、そうか、祖父はそれよりずっと前から、同じことをしていたのだと思った。

僕は京都から持参した自分の剪定鋏《せんていばさみ》を腰に携えて、祖父の松にのぼった。子どもたちが庭で遊ぶ声を聴きながら、僕はしばらく松の手入れに夢中になった。

庭を見ながら祖父と話したことはこれまでにも何度もあったが、このとき、初めて庭にいる祖父と本当に出会っているような気がした。目の前の松のひとつひとつの枝の向きや長さが、この松のうえで祖父が過ごした、時間そのものを物語っている

と感じた。

祖父が元気だった頃の僕は、庭の木々をまじまじと観察することはなかった。僕が木のことに関心を持つようになったのは、比較的最近のことなのである。いまなら祖父が庭で感じていた喜びを、あの頃よりもずっと深く感じることができる。

ふと僕は、不思議なことを想《おも》った。

生前の祖父が松にのぼっていた頃、何十年も先にこの同じ木に孫がのぼっていることを、彼は想像したことがあっただろうか。なぜかわからないが、そういう瞬間が、祖父にはあったのではないかと思った。

松の上にいると、そのときの祖父が、目の前にいるかのような気持ちになってきた。遠い過去といまが混ざり合うような、とても不思議な感覚だった。

僕たちは、思わぬ仕方で、遠い過去や未来と接触することがあるのかもしれない。長く大切に育まれてきた「場所」が、時空を超えて記憶をつなぐ縁《よすが》となる。

空間と場所

幼い頃、布団の下にもぐって、そこに自分の好きな本やおもちゃを集めて遊んだ。懐中電灯で灯りをつけると、それだけですごくわくわくした。自分だけの場所。だれにも邪魔されない、小さな居場所。

世界は果てしなく広いのに、場所はこんなに小さくてもいいのだ。服と同じように、自分に合ったちょうどいい大きさの場所を、僕たちはいつも探しているのかもしれないと思う。

自分に合った大きさの場所の心地よさに対して、どこまでも広がっていく「空間」という考えには、子どもの頃、なにか恐ろしさのようなものを感じた。どこにも自分の居場所がない寂寞《せきばく》とした空間。想像するだけで怖くて、眠れなくなることすらあった。

「場所（place）」と「空間（space）」は似ているようでかなり違う。場所は親密で、安心があり、そこにしかない固有の意味がある。空間はどこまでも広がっていて、限りなく、のっぺりとしていて、無表情だ。

中学や高校の数学で黒板に描かれた「空間」を思い出す。黒板の大きさそのものはもちろん限られているが、そこに描かれるx軸やy軸は本来、どこまでも無限に延びていて終わりがない。そこに二次元や三次元の、果てしない空間が広がる。広大で、平等で、可能性に満ちている。だが、からっぽで、空虚で、だれの居場所もない。

アメリカの哲学者エドワード・ケーシーは著書『The Fate of Place』(邦題『場所の運命』新曜社)のなかで、古代以来の西洋哲学史をひもときながら、「場所」の概念が哲学の表舞台から徐々に後退していく一方で、近代的な「空間」の概念が形づくられ、支配的になっていった歴史を描き出している。ケーシーによれば、その過程で大きな役割を果たしたのが、キリスト教の神学だった。

キリスト教の神は、無限の力を持つ全能の神である。その力は、どこにも等しく、遍《あまね》く広がっている。その力が及ぶ範囲に限界はない。

そんな神の力の必然的な帰結として、無限の空間という考えが要請された。キリスト教の神学と、哲学や数学が相互作用しながら、十七世紀のニュートンの時代には、「場所」の持つ固有性が究極のところまで削《そ》ぎ落とされた「絶対空間」の概念が完成した。「場所」のない「空間」の時代の始まりである。

空間には広がりがあり、可能性がある。どこまでも移動できる自由もある。空間の概念は、近代を支える最も重要な概念のひとつだ。それが宗教と深い関係があることも説明されないまま、僕たちはこの考えを、学校でたたき込まれる。

だが僕たちはただ広いだけの空間には住めない。人には場所が必要なのだ。秘密基地をつくって遊び、布団の下にもぐって喜ぶ――ときに空間の自由に誘われて翼を広げながらも、場所の安心に守られて育つ。空間の可能性と場所の親しみと、その両方に支えられて子どもたちは育っていくのだ。

制約を遊ぶ

長男は幼い頃からレゴが大好きで、家で遊んでいるときもレゴで何かを作っていることが多い。自動車やバイクなどの作品を、説明書に従って何時間もかけて制作していることもあれば、家にあるパーツを使って、自由に作りたいものを作っていることもある。ものづくりにかける彼の情熱と集中力にはとうていかなわない僕は、ただ横で見ているだけのことも多いが、先日「おとうさんも一緒にレゴしよう!?」と誘われ、二人で新しい遊びを考えてみた。

それは、何を作りたいかをあらかじめ考えてから組み立てるのではなく、いくつかの「ルール」を決めて、そのルールに従ってレゴを組み立てていく遊びだ。

レゴのパーツには、標準的な高さの「ブロック」のほかに、高さがブロックの三分の一しかない「プレート」と呼ばれるパーツがある。たとえば、「プレートは、必ずほかの二つ以上のプレートをまたぐように使う」「ブロックはプレートをまたいではいけない」「上にポッチがないプレートは、ブロックとブロックをまたぐときだけ使う」など、あらかじめいくつかパーツの使い方を制約するルールを設定しておく。あとはそれをひたすら守りながら、淡々とパーツを組み立てていく。

面白いのは、こうしてルールを設定しておいて、それを守りながら組み立てていくと、自分の頭で考えたのでは思いつかないような複雑で面白いパターンが出てくることだ。

先日、仕事場の庭で、土木に詳しい友人を招いて、石畳の道を作るワークショップを開いた。このとき僕は、長男とのレゴの遊びを思い出した。

道作りでは、庭を掃除して出てきた石だけを使うことにした。あらかじめ自分でデザインした道に合う石をどこかから買ってくるのではなく、すでに庭にある石だけを使って道を作ってみることにしたのだ。

地面の起伏や傾き、樹木の根の位置など、土地の条件をよく確認しながら、手もとにある石のなかで、それぞれの場所にぴたりと合うものを探していく。だれかが道を設計するのではなく、土地と石との対話のなかから、自然に道が生まれてくるのが面白かった。

与えられた制約条件を通して、思わぬパターンが出てくる。そこが、あのレゴの遊びに似ていると思った。

庭づくりも、一度更地にしてしまえば、地面の起伏や木の根などによる制約を減らすことができる。一見するとその方が自由なようだが、むしろ土地の条件に耳を傾け、これに寄り添う工夫を重ねていく方が、結果としてユニークな庭が生まれることもある。

何をしてもいいと言われるよりも、何をすることができないかをはっきりさせていくことでこそ、新しいもの、面白いものが、生まれることがある。

目の前の制約を、新しい何かが生まれる支えととらえてみること——制約を遊びと創造に転じる、ひとつの楽しい工夫である。

きてよかったね

　子どもと一緒に生きていると、自分のなかに「もうひとつの声」が育まれていくのを感じる。「ねえ見て！」「わ、すごいよ、ほら！」と、日常の何気ない場面にも、子どもの声が聞こえてくる。そうして、それまでなら見逃していたはずの平凡な風景が、また新鮮な輝きで浮かび上がってくる。

　二〇二〇年の秋からレイチェル・カーソンの『センス・オブ・ワンダー』の翻訳に取り組んでいた。カーソンといえば、日本では特に『沈黙の春』の著者として知られているが、生前に彼女が雑誌に寄稿した短いテキストから生まれた『センス・オブ・ワンダー』は、一歳から四歳へと成長していく大甥《おおおい》のロジャーとともに、カーソンがアメリカのメイン州の海辺や森を、驚きや不思議に目を丸くしながら散策した日々の記録だ。

カーソンには年の離れた姉がいた。だが姉は若くして亡くなり、その二人の娘を経済的に支える責任を、カーソンは学生のときから背負い続けていた。姉の次女であるマージョリーは病弱で、その息子ロジャーのもう一人の母親のような存在として、カーソンはロジャーをとても大切にしていた。

そんなロジャーが三歳のある日、カーソンが愛したメイン州の海辺で、カーソンの膝の上に座って、「I'm glad we came.」とささやく場面がある。『センス・オブ・ワンダー』のなかで最も印象的な場面のひとつだが、この言葉をどう訳せばいいか、僕はずっと悩み続けていた。

難しいのは「we」をどう訳すかだった。英語では主語を明記するが、日本語であからさまにこの主語を訳そうとすると、どうしても大袈裟《おおげさ》に聞こえてしまうのだ。

そんなある日、ちょうど次男が三歳のとき、彼の声で「きてよかったね」という言葉が聞こえてきた。このとき、「きてよかったね」の「ね」という一文字に、「we」のニュアンスが入っていることに気づいた。

ロジャーはきれいな海や月を見て嬉《うれ》しかった。だがそれだけではなく、自分が来てくれて嬉しいと感じているカーソンの喜びも感じていた。「きてよかったね」の「ね」には、自分の喜びでもありカーソンの喜びでもある、二人の喜びが込められていると思った。

カーソンはロジャーの言葉が刻まれたこのテキストを、宝物のように大切にしていた。やがてこれを一冊にふくらませたいと願っていたが、叶《かな》う前に亡くなってしまった。

ロジャーだけでなく、すべての子どもたちが、心から「きてよかったね」と思える世界をつくりたい――これがこの未完のテキストに込められた、カーソンのビジョンだったと思う。

このビジョンを読み継ぎ、書き継いでいくようにして書いた『センス・オブ・ワンダー』（筑摩書房）がこの春発売された。一人でも多くの子どもたちが「きてよかったね」と心から思える世界に向けて、この本を一冊ずつ、未来に届けていきたいと思う。

偶然とコンパス

八歳の長男は最近、なぜかコンパスを使った作図に夢中で、暇さえあればスケッチブックに、いろいろなかたちを描いて遊んでいる。

たとえば中心に一つの円を描いたあとに、その円周上の点を選んで、そこを中心にもう一つの円を描く。さらに中心となる点を最初の円周に沿って少しずつずらしながら、いくつもの円を連続で描き続けていく。すると次第に立体感のある不思議なかたちが浮かび上がってくる。

あるいは、ランダムにいくつか描いた円と円の交点を選んで、そこを中心にまた円を描く。これをくり返しているだけで思わぬきれいなパターンが出てくることもある。その意外性や驚きを面白がって彼は、いつまでもコンパスで絵を描き続けている。

中心と半径をひとたび決めたら、コンパスを使って原理的には何度でも、厳密に同じ円を描くことができる。その意味でコンパスには、コンピュータが生まれるずっと前から使われ続けてきた「複製《コピー》」の技術という側面がある。

いつどこにいても、同じ手続きに従えば、まったく同じ形を描き出すことができる。定規やコンパスが可能にするこの「厳密な複製」の可能性こそ、偶然性や曖昧さを排除した古典的な幾何学の基盤になっている。

だが長男が描き出す図形を見ていると、どの円も少しずつその線の太さや濃さが違う。線がずれて、もう一度やり直してみたのか、円周が一度途切れたあとに、太い線でまた繋《つな》ぎ直されている箇所もある。

その線の太さの違いや濃淡やずれが、絵に立体感を与えている。ただコンピュータで描画したのでは出ない独特の絵の「味」のようなものは、同じことをくり返そうとしてずれてしまう、そのずれによってこそ生み出されているのだと思う。

同じ大きさの円を、少しずつ中心をずらしながら描いたときに浮かび上がる図形の意外な美しさは、ただ自由に手で絵を描いたのではできない、コンパスが描く図形の厳密さに支えられている。さらにその厳密さにわずかに入り込むぶれによって、コピペをくり返すだけとは違う、そのときどきの偶然が入り込む。

厳密に同じことをしようとして、少しずつずれてしまうこと。生命はまさにそうして進化してきた。自分の遺伝子をそのまま複製しようとしてそこにわずかに入ってしまう変異の積み重ねが、これほど多様な生命のかたちを生み出してきた。

厳密に同じ図形をいくらでも描けるという理想と、描くたびに少しずつずれてしまうという現実と、それがせめぎ合う渦中に全身を投じながら少年は、コンパスを握りしめている。

紙には試行錯誤する生命の痕跡が、一つずつ刻まれていく。

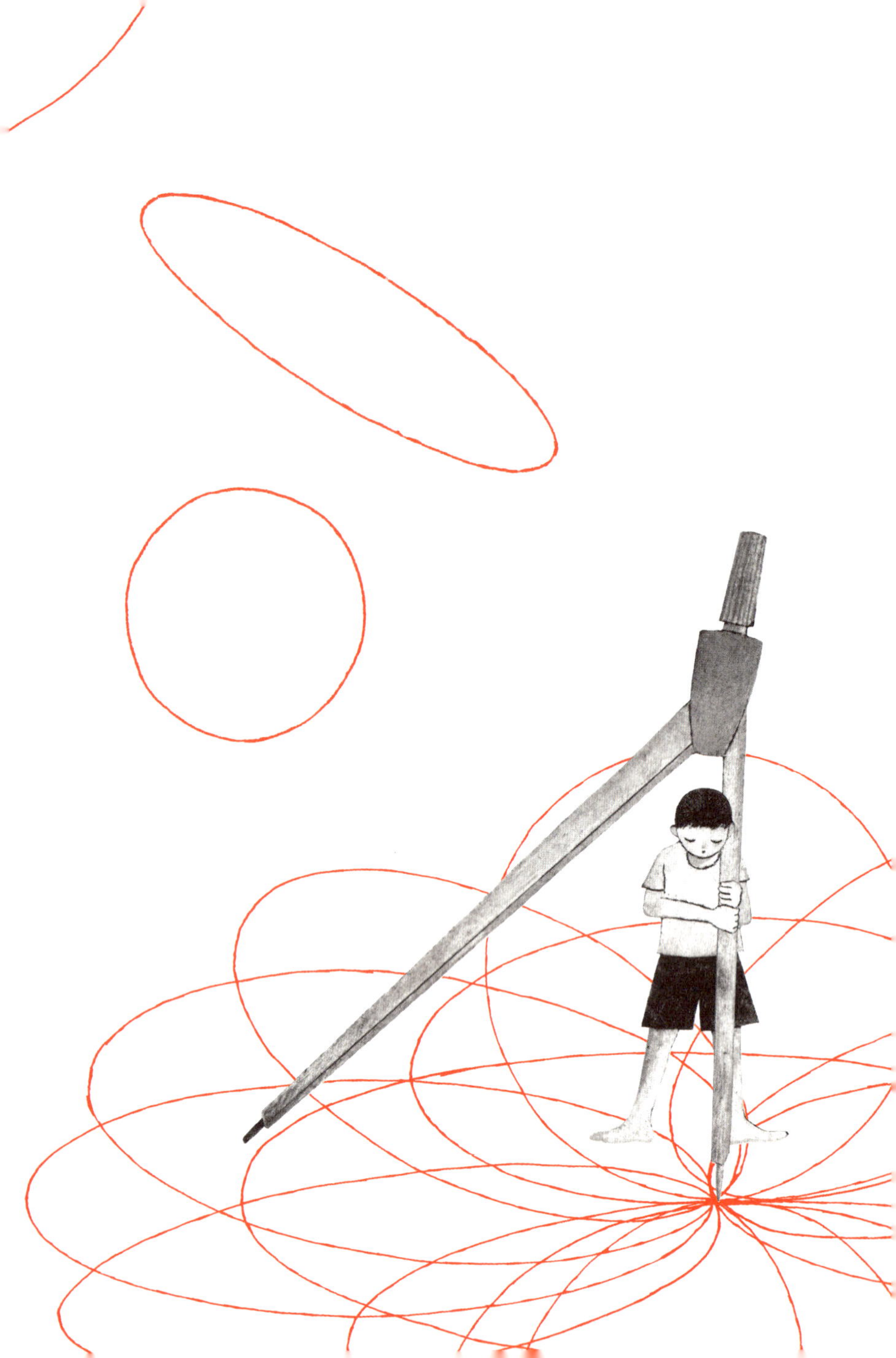

空が青くてよかった

一時期少なくなっていた国内の出張も最近またかなり増えてきて、ときにはほぼ毎日新幹線に乗っているという慌ただしい週もある。あまりに移動が頻繁になると、いま自分がどこにいてどこに向かっているのかが、わからなくなる瞬間もある。室内にいると特にそうなりやすいが、外に出てしばらく散策していると、やはりどこにいてもそこには、そこでしか見られない風景がある。

特に山の稜線《りょうせん》や水の流れは、土地の風景をかたちづくる要《かなめ》だ。どんな山に囲まれ、どんな水の流れがあるかで、空の印象も風の吹き方も変わってくる。ビルが立ち並んで山が見えない街のなかでも、地図でどこに山があり、どこに川が流れているかを確認すれば、土地の相貌も浮かび上がってくる。

つい先日は、佐賀の吉野ヶ里を歩く機会があった。このときはまずなにより空の広さが印象的だった。佐賀は平野が広い。そこに気持ちのいい風が吹く。近くには弥生時代の遺跡を復元した吉野ヶ里歴史公園があったが、復元された遺跡以前に、山の稜線や風の表情こそ、弥生時代の人々の心をいまに伝える風景なのだと思った。

日々どんな空を見上げ、どんな風を感じているか。それが人の心をかたちづくっていく。同じ満月でも東京で見る月、京都で見る月、佐賀で見る月、沖縄で見る月は違う。しかもそれぞれにそれぞれのよさがある。だから空を見上げると僕はつい、いくつもの土地で見てきたいろいろな空を思い出す。

先日、東京で、ある高校を訪れた朝、澄み渡る青空を見上げながら僕は、京都で次男と見た空を思い出していた。

それは、次男を幼稚園に送っている道中のやりとりだった。彼が自転車の後部座席から突然「そらがあおくてよかったね！」と叫んだ。咄嗟《とっさ》に僕は、「空が赤かったらイヤ？」と聞いた。すると彼は、「いやだよ、いんせきがおちてきちゃうよ」と言った。「黄色だったら？」と聞くと彼は、「レモンがふってきちゃうでしょ！　そらがあおいから、あめがふるんだよ」と笑った。

僕は東京で、訪問することになっていた高校に向かう坂道をのぼりながら、雲ひとつない青空を見上げて「そらがあおくてよかったね！」という彼の声を思い出していた。隕石《いんせき》でもレモンでもなく、雨が降る空で本当によかったと思った。

風景のなかでこそ、人の心は育まれていく。だが身近な風景ほどいつしかあたりまえになっていく。旅人の特権は、その土地の人にとってほとんどあたりまえの風景にも、初めて出会う新鮮な気持ちで、感動できることである。

子どもの心は旅人のようだと思う。彼らとの対話はいつもそれ自体がひとつの旅だ。旅から帰ってくると、身近な風景にしみじみとした感謝の気持ちが湧く。山があってよかった、水が流れていてよかった、「そらがあおくてよかったね」と心から思う。

距離の感覚

五歳の次男が最近、目の検査のために一週間ほど目のピント調節機能を麻痺《まひ》させる目薬を差し続ける必要があって、この影響で視界が眩《まぶ》しくなったり、ぼやけて気持ち悪くなったりという症状に悩まされている。日中に気分が優れないときは、一緒にベッドで横になってみるのだが、すんなりと眠れるときばかりではない。そんなときは「五分だけでも目を瞑《つぶ》ってみると気分がよくなるかもよ？」と僕は言う。目を瞑るだけでもからだが休まるし、安心してそのまま眠れることだってあるかもしれない。

ところが「五分」と言われてもまだどれくらいの長さかわからない次男は、「それって何秒？」と聞いてくる。「三百秒だよ」と僕が答えると次男は「数えて」と言う。「数えてたら眠れないよ」と僕が言うと次男は、自分で声に出して数え始める。

「いーち、にー、さん、し、……」

いつの間にこんなに数を数えられるようになったんだっけと思いながら、僕は目を瞑《つぶ》ったまま彼の数える声を聞く。

「よんじゅうしっち、よんじゅうはっち、よんじゅうきゅう、さんじゅう」

途中まで順調に数えていたのに、なぜか四十九まで来ると三十に戻ってしまう。それでもめげずに数え続ける声を聞いていて、僕は思わず吹き出してしまう。彼にとって「三百秒後」は、まだまだ数えても届かないほど遠いみたいだ。


長男が新しい自転車を買った。

貯め続けてきたお年玉を使って念願の自転車を手に入れた。二十四インチの自転車に乗って彼は、ずいぶん遠くまで出かけられるようになった。
四、五キロの範囲なら自力で移動できるようになった彼の行動半径は、一気に大きくなった。これまでなら自力ではとても届かなかった場所が、自転車であっという間に届く場所に変わった。
同じ世界に生きていても僕たちは、それぞれ違う「距離」の感覚を持って生きている。次男にとって「三百秒後」は数え切れないくらい遠いし、かつて長男にとって五キロも離れた場所といえば、ほとんど地続きとは思えないほど遠かったはずだ。

だが距離の感覚は変わっていく。かつて届かなかった場所にも、いつしか手が届くようになる。

最近、夜の散歩が子どもたちとの日課になっている。自転車で少し離れた大きな公園まで行き、そこで懐中電灯を持って虫を探しながら歩く。

「さんぽ、じゃなくて、いちまんさんぽだったらめっちゃ長いよね！」と次男がなぜか突然、ダジャレみたいなことを言う。

ときに早足で、ときに駆け回りながら、「一万三歩」とまではいかないまでも、僕たちは毎晩たくさん歩いている。一人きりだったらきっと退屈してしまうような距離だ。

距離の感覚を変えていくのは、発達や成長だけではない。だれと一緒にいるかによっても、「距離」は伸び縮みするみたいだ。

世界の全体を

朝、幼稚園に向かう道中、次男が「太陽ってめっちゃ明るいよね。世界の全体を照らしてるんだよ」と言う。その声にはなぜか、やけに実感がこもっているように聞こえる。

そういえば次男は最近、誕生日にもらった図書カードで本を買った。本そのもの以上に彼の心を惹《ひ》きつけたのはおそらく、本に付録でついていたペンライトだった。夜に散歩に出かけると、得意になって彼は、自分のペンライトで夜道を照らす。夜の闇のなかではどんな小さなライトでも、ないのに比べたらなかなか頼りになる。

だがどれほど強いライトも、照らせる範囲に限界がある。そのことを思うとたった一つの光源で「世界の全体」を照らす太陽は、ほんとうに「めっちゃ明るいよね」と思う。

しかも太陽の光はただ地球を照らすだけではなく、その光は、地球のあらゆる活動のエネルギー源でもある。生命が活動するエネルギーはもちろん、風が吹くのも雨が降るのも、もとをたどればすべて太陽から降り注ぐエネルギーの賜物《たまもの》である。

そんな太陽だが、ただ同じ場所で、同じ明るさで輝き続けているだけではない。恒星の進化の理論によれば、太陽の光度は、太陽の誕生以来増大し続けてきた。太陽が誕生した頃の光度はいまよりおよそ三〇パーセントも低かったという。そんな暗い太陽のもとでも、地球が凍りつかなかったのは、大量の温室効果ガスが地球を温めてくれていたからだ。

逆に、いまも太陽はゆっくりと明るくなり続けているので、やがては、温室効果ガスをゼロにしてもどんな生命にも耐えられないくらい、地球は熱い星になってしまう。さまざまな試算があるが、それはおよそ十億年後のことともいわれている。

世界的ベストセラー『三体』の著者である中国のSF作家・劉慈欣の「流浪地球」という短編がある。これはまさに、やがてくる「明るすぎる太陽」という脅威から、人類が地球ごと脱出を試みる壮大な物語である。

人類はこの「脱出」の準備のためにまず、地球の自転を止めるところから始める。自転しなくなった地球には、昼もなければ夜もない。この時代に生まれた子どもたちはだれも日の出や日の入りを見たことがない。先生がそんな彼らに、こんな風に語りかける場面がある

――「その当時、地球はまだ自転していたから、日の出と日の入りが毎日見られた。太陽が

昇ると喜びの声をあげ、沈むときはその美しさを讃《たた》えたそうよ」。

もちろんこれはSFなので、本当に地球の自転が止まる未来がくるとは思わないが、宇宙のスケールで見れば、自転する地球から毎日、朝日や夕陽を見られるのは奇跡だ。「流浪地球」は圧倒的なスケールの想像力で、そのことをあらためて感じさせてくれる。

「めっちゃ明るい」けれど、明るすぎない太陽が、今日も「世界の全体」を照らしてくれている。その喜びとありがたさをしみじみと感じながら、今日も幼稚園へと向かう。

一から自分でかぞえてみると

幼稚園へと向かう朝、自転車の後ろに乗っている次男が、なぜかいつもより静かだなと思っていると突然「いまこころのなかで百までかぞえた！」と彼の叫ぶ声がする。つい二か月前まで、百の手前のどこかでいつも挫折していたのに、いつの間にか百までかぞえられるようになったらしい。「おお、すごいね。一から百までずっとかぞえられたんだ」と僕が言うと、「うん！　けっこうすぐにかぞえられたね！」と誇らしげな声。

ひとつの数字をかぞえるのに一秒もかからないから、百までかぞえるのにかかるのはおおよそ一分くらいだろうか。

さらに、「一、十、百のつぎってなんだっけ？」と彼が聞くので、「千だよ」と僕が答えると彼は、「せんじゅういち、せんじゅうに、……」と、なぜか「さんじゅういち、さんじゅうに、……」と同じようなリズムでかぞえ始める。まるで野原を駆けるように、千の先までどこまでもかぞえられる自由を心から楽しんでいるみたいだ。

百という数を言葉として知っているだけなのと、実際に百までかぞえてみたことがあるのとでは違う。かぞえてみて「けっこうすぐにかぞえられたね」と気づくと、百の大きさに対する自分でたしかめた感触が残る。

しかし百まではともかく、千や万までかぞえたことがある人は少ないだろう。一万人や一万円など、万の単位はごく日常的に使われる身近な数だが、それでも一から実際にかぞえきるには、なかなかしんどい大きさである。

数学者の小林俊行さんは、著書『地力をつける　微分と積分』（岩波書店）のなかで、そんな「大きな数」に対する感触をつかむ面白い方法を紹介している。

たとえば、一億をかぞえるのには、どれくらい時間がかかるだろうか。大きな数になるほど一つの数をかぞえるのに時間がかかるから、数をひとつかぞえるのに平均して三秒かかるとする。一日中かぞえ続けるわけにはいかないので、睡眠や食事、休憩の時間や休日のことも考え、一日八時間、年間二五〇日のペースでかぞえ続けるとする。すると、一億までかぞえるのにはなんと、四十二年もかかる計算になる。

「四十二年」という時間の長さを通して、一億という数の大きさが実感できる。日本の人口が約一億二千万人だから、全員の名前を読み上げるだけでも、五十年近くかかってしまうことになる。これだけの人数でひとつの社会をかたちづくり、まがりなりにも秩序を保っているということが、ひとつの奇跡のようにも思える。

次男はやがて、千や万、億や兆の単位についても自在に計算できるようになるだろう。そうしてどんな大きな数でも操れるようになったあとも、一からひとつずつ数をかぞえてみたいまの経験が、きっと彼の数の世界を支え続けていくだろう。

惑星をはぐくむ

この連載が始まる頃には、まだ三歳だった長男は、気づけばもう八歳になった。ベッドですやすやと眠るその姿は、もう「幼い」というだけではなくなってきている。生まれたばかりだった次男も五歳になり、「赤ちゃん」だった頃は遠い記憶になりつつある。

こんなに育ってくれてありがとうと思う。

僕もまた彼らに育ててもらってきた。

あんなに夢中になって虫を追い、どんぐりを拾い、川に飛び込み、夜空を見上げ……こんなに新鮮な驚きとともに世界と出会い直すことができたのも彼らのおかげだ。

一度は知っていたはずのことも、彼らとともに、まるでまた〇歳になり、一歳になり、二周目の人生を生きるようにしながら学び直してきた。

〇歳であること、一歳であること、あるいは三歳であることがどれほど素晴らしいことかを、自分が〇歳や一歳や三歳のときには、まだ知らなかった。子どもであるとはどういうことかを、本当にわかるためには、子どもでなくなる必要があったのかもしれない。外に出てみることで、初めてわかることがある。地球で生まれた生命は、誕生から四十億年の歳月を経て宇宙に飛び出した。宇宙からふりかえったときに初めて、地球がいかに驚くべき場所であるかがわかった。

僕は子どもを見ていると、宇宙から惑星を眺めているような気持ちになる。懐かしくて、愛《いと》しくて、だれもがかつてそこにいたはずの場所——。

『古典基礎語辞典』（大野晋、角川学芸出版）によれば、「はぐくむ」とは「羽《は》＋含《くく》む」であって、「親鳥がひなを羽で包み込んでかばい育てる」様子に由来するという。地球という惑星にとって「親鳥」は太陽だ。地球は実際、太陽から噴き出す猛烈な「太陽風（プラズマと磁場の風）」に守られている。宇宙空間には危険な宇宙線が大量に飛び交っている。強い太陽風そのものも、じかに浴びれば生命にとって脅威だが、太陽系のはるか外にまで吹き荒《すさ》ぶこの風が、地球を宇宙の危険からかばってくれている。*

太陽にも活動の強弱がある。太陽活動の強さはいつも変化している。その詳しいメカニズムはまだわかっていないというが、宮原ひろ子さんの著書『地球の変動はどこまで宇宙で解明できるか』（化学同人）には、惑星の配置が、太陽活動に影響しているとする説が紹介されている。

太陽の重力が惑星を引き寄せている。だが惑星の方もまたわずかに、太陽を引っぱり返している。複数の惑星の重力が合わさることで、太陽はその半径を超える距離を動かされている。この揺さぶりの効果が、太陽の磁場の生成に影響し、太陽活動を変動させている可能性があるという。

目の前にいる二つの「惑星」に揺さぶられながら、自力だけでは生み出せない力をもらってきた僕は、まだ証明されていないこの学説に、妙に納得させられているのである。

＊片岡龍峰『宇宙災害　太陽と共に生きるということ』化学同人（２０１６）。

あとがき

いま京都の仕事場の窓辺に、椿の木が生えている。大きな木が二本と、子どものように小さな木が二本。数年前に自宅を引っ越すまでは、家族でここに暮らしていた。あの頃と同じように、同じ場所にたたずむ木を見ていると、いろいろな記憶がよみがえってくる。

たとえば三歳の長男が、咲いたばかりの椿の花を見つけて、「ねぇ、見て！　咲いたよ！」と、目を丸くしながら窓の外を指差していた日のこと。「母の友」での連載が、ちょうど始まろうとしていた冬のことである。

まだ数を知らない幼な子の心に、一輪の花はどのように映っていただろうか。

今朝、八歳になった長男と、五歳の次男に、同じ大きさのバナナを一本ずつ、それぞれひと口大に切り分けて出した。すると次男が、「おにいちゃんのほうがおおい！」と訴えてきた。数えてみるとたしかに、長男が7つ、次男が6つだ。僕は次男のバナナをいくつか選んで、さらに細かく切り分けてやった。次男は自分の皿にあるバナナを数えて、「9個になった！」と嬉《うれ》しそうに笑った。

数のない世界から、数にいろどられた世界へ。連載が始まってからこの五年のあいだに、彼らの心にも数が育まれてきた。

子どもたちと過ごす時間は、僕に思い出させてくれる。百まで数えられるようになって嬉しかったこと、たし算ができるようになって誇らしかったこと、「いちばんおおきな数」は何かと、胸をドキドキさせながら考えたこと。ずっと昔に忘れていたはずのことを、あざやかに思い出すことがある。

彼らもやがて忘れてしまうかもしれない。まだ読めない時計の動きが不思議だったこと、メジャーで何でも長さを測ってワクワクしたこと……それでもまた、思い出すときがくる。遠い過去の記憶が、太陽のあたたかさのように届いて、あのときのあれはそういうことだったかと、心をまた照らす日が来る。

窓辺の椿は、まるで家族みたいだと、僕はいつも思っていた。大きな木が二本と、小さな木が二本。いまよく見ると、二本の子椿の足もとに、さらに椿の幼木が育ち始めている。ちょうど人間の幼な子くらいの背丈だ。いつか地面に落ちた種子から、気づけばここまで育っていた。

心に新しい数や概念が咲く。その瞬間はいつも一度きりである。花はやがて枯れ、土にかえる。それでも生命はめぐり続ける。

花のあとに、種子が生《な》る。種子は静かに大地に蒔《ま》かれる。

やがて未来に、また花が咲く。

＊　＊

本書は雑誌「母の友」での五年にわたる連載をまとめた一冊である。「母の友」編集長の伊藤康さんが京都に初めていらしたのが二〇一九年の秋のことで、このとき長男は三歳、次男は〇歳だった。大人も子どもも、いつも分け隔てなく接してくださるその人柄のおかげか、子どもたちもすぐに打ち解け、連載から書籍化まで、打ち合わせはいつも、大人と子どもが交じり合う、真剣で愉快な、賑《にぎ》やかな時間だった。

連載を西淑さんとともに歩むことができたのは、本当に幸せなことだった。テキストにこたえて西さんが絵を描いてくださる、そのあたたかな眼差しに抱かれるようにしながら、この連載の日々は育まれてきた。

連載の絵と言葉に、新しい次元で、生命を吹き込んでくださったのが鈴木千佳子さんだ。彼女の力がなければ、本書がこのようなかたちで実を結ぶことはなかった。

数のない世界から、数にいろどられた世界へ、未来の子どもたちもまた、歩んでいくだろう。それぞれの「かずをはぐくむ」道が、学びに満ちたものでありますように――願いを込めて、この本を贈りたい。

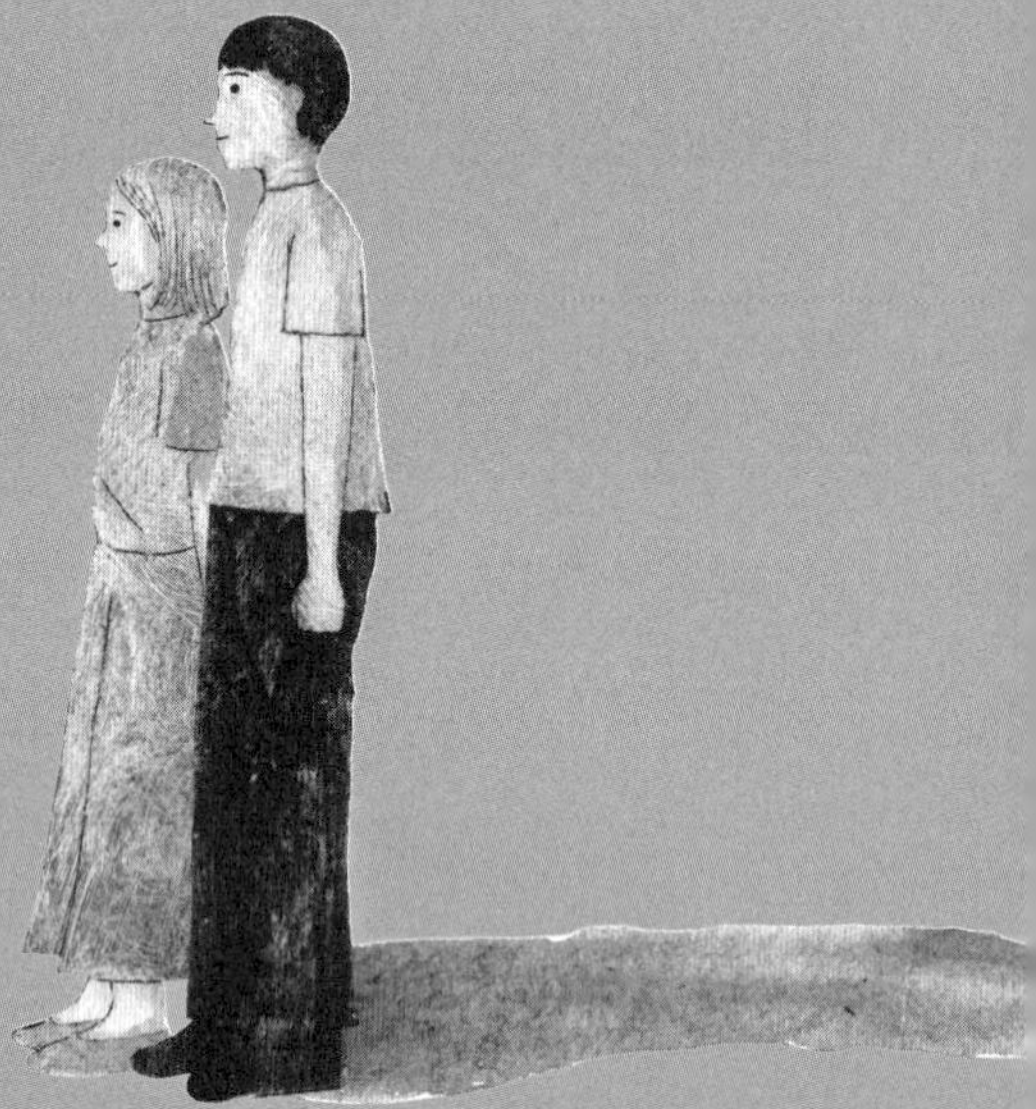

森田真生　もりたまさお

1985年生まれ。独立研究者。京都を拠点に研究、執筆の傍ら、国内外で様々なトークライブを行っている。著書『数学する身体』（新潮文庫）で第15回小林秀雄賞受賞、『計算する生命』（新潮文庫）で第10回河合隼雄学芸賞受賞。ほかの作品に『偶然の散歩』『数学の贈り物』（共にミシマ社）、『僕たちはどう生きるか』（集英社文庫）、訳と「そのつづき」を手がけた『センス・オブ・ワンダー』（レイチェル・カーソン著、西村ツチカ絵、筑摩書房）、絵本作品『アリになった数学者』（脇阪克二絵、小社）などがある。

西淑　にししゅく

福岡県生まれ。画家。雑誌、広告、パッケージ、書籍の装丁などのイラストレーションを手がける。京都を拠点に活動中。画集に『西淑 作品集』（ELVIS PRESS）。

【初出】「母の友」2020年4月号〜2025年3月号（各年11月号はのぞく）

かずをはぐくむ

2025年4月10日　初版発行

著者／森田真生

画家／西淑

発行／株式会社　福音館書店

郵便番号　113-8686　東京都文京区本駒込6丁目6番3号

電話　営業(03)3942-1226　編集(03)3942-2084

https://www.fukuinkan.co.jp/

印刷・製本／TOPPANクロレ

装丁／鈴木千佳子

NDC914／216ページ／20×14センチ　ISBN 978-4-8340-8845-8

Nurturing Numbers: A Family's Story of Discovery and Wonder

Published by Fukuinkan Shoten Publishers, Inc., Tokyo, 2025 Printed in Japan